U0065060

我是黃，也是白，還帶著一點藍

I am Yellow and White, a little bit of Blue.

Mikako Brady
美佳子・布雷迪
著

前言

從隔壁房間傳來分外輕快的吉他和弦聲，即將在名為「The Funk Soul Disco」流行音樂會登台演奏的兒子，正加緊練習中。

雖然音樂會名稱聽起來頗酷炫，但其實不是什麼專業級演出，只是在中學的講堂所舉行的音樂社團成果發表會，登台演奏的是一群十一歲到十六歲的國中生。我兒子屬於低年級生，所以只被分配到大堆頭的群演，但個性認真的他星期天一早便埋首苦練。

「音箱的音量可以調小一點嗎？我聽不到電視節目的聲音啦！」

在樓下看電視的外子大聲喊道。上大夜班、開砂石車的他，才剛到回家，難免心浮氣躁吧。

二十三年前我們初識時，他任職於倫敦金融街的某家銀行，沒想到幾年後遭裁員。本以為他應該會再找類似的工作，「**我要做從小就想做的**

工作。」沒想到這麼說的外子，便成了砂石車司機，他是那種說到就一定會做到的人。

我們遷居位於英國南端的布萊登市已經二十幾年，隨著兒子出生，成了三口之家。

兒子出生後，我像是變了個人。「**我最討厭小孩子了。根本是只會找麻煩的小鬼。**」明明總是這麼嚷嚷的我，竟然覺得世上再也沒有比小孩子更有趣的生物，甚至還成為教保員，人生可說是一百八十度大轉變。

雖說如此，也是拜成為教保員之賜，我和兒子的關係變得疏遠。

在兒子滿一歲時，我開始上班實習（我擅自稱上班的地方為「底層托兒所」）。本來想說帶兒子一起上班是件美事，但因為自己是為了考取師資而來實習的關係，所以不能只照顧自己的孩子，因此我們母子倆在托兒所裡幾乎沒什麼機會互動。

有些孩子會覺得「**為什麼媽媽都和別的孩子玩？**」而變得善妒、個性乖僻，甚至出現脫序行為，因此不少教保員、幼稚園老師都不會讓孩子就讀自己任職的地方。

但我兒子的成長歷程倒是很順利，這一切多虧托兒所園長，也是當地聲譽卓著的幼兒教育專家、我的恩師阿尼費心照顧犬子，讓我能夠心無旁騖地實習。

說是阿尼一手拉拔我兒子長大也不為過，是他幫我教養出個性這麼好的孩子。直到現在，每當自己聽到兒子以令人詫異的沈著冷靜態度說著什麼事時，我都會錯覺是師傅在說話。

在底層托兒所度過幼兒時期的他，就讀的不是位於公營住宅區的小學，而是天主教學校，也就是我們當地的頂尖名門學校。

雖然是公立小學，但學生多是出身富裕家庭，施行每學年只有一班的小班教學制。建於森林中，小巧整潔的紅磚校舍教室裡並排著課桌椅，一起度過七年學習時光的孩子們畢業時，感情就像兄弟姊妹般融洽親密。

兒子在如此溫暖舒適的環境中愉快學習，交了很多朋友，也深受師長關愛，最後一學期還擔任學生會會長。

一切是那麼順遂，老實說，順遂到有點無趣。

總覺得自己並沒有在兒子的成長路上幫助他什麼，幼兒時期有恩師阿尼的悉心教導，之後又在充滿愛的環境中度過小學時光，根本沒有我出場的餘地。

然而，兒子升上國中後，幡然一變。

因為他就讀的不是天主教中學，而是「前．底層學校」的中學。

不是那種四周綠意圍繞，隨時好像有彼得兔蹦出來，來自中產階級家庭孩子就讀的學校；而是真實反映英國社會陰暗面的學校，不但充斥著校園霸凌、種族歧視等問題，還有那種剃掉眉毛、長相兇惡的學長，不然就是一臉濃妝、活像酒吧媽媽桑的學姐們。

這對於十一歲的孩子來說，無疑是莫大的變化。我也很擔心他在這樣的環境中學習，真的沒問題嗎？

我想，該是我出場的時候了。

雖說如此，每當從他口中聽聞宛如社會縮影般的校園事件，以及因為歧視、水準差異等因素而引發的人際關係問題時，我卻覺得自己似乎無法給他任何能夠解決煩惱的回答。

不同於只會胡思亂想、憂心煩惱的我，孩子其實堅強得令人意外。當我還在苦思解決之道時，深感困惑、迷惘的他早已往前邁進。不，也許他並沒有往前邁進，而是回到同樣的地方，更為煩惱也說不一定。縱然如此，孩子們還是選擇面對眼前的一切，果敢向前，迎接新挑戰。

奧斯卡·王爾德*有句名言：**「老年人相信一切，中年人猜疑一切，年輕人知曉一切。」**若要再加一句的話，那就是**「孩子衝撞一切」**吧。

在這前景茫茫、困難複雜的時代，孩子敢於衝撞，深刻反映現今社會的校園生活，這股蠻勁帶給我們這些疲憊不堪的大人們莫大勇氣。

肯定不是兒子的人生中，終於到了我該出場的時候；而是我的人生中，終於到了兒子該出場的時候吧。

這本書寫於我兒子和他的朋友展開國中生活的最初一年半。

老實說，我從未想過書寫國中生的日常點滴，竟是如此有趣。

---

*注解：奧斯卡·王爾德（Oscar Wilde，一八五四～一九〇〇）愛爾蘭作家、詩人、劇作家，英國唯美主義藝術運動的倡導者，是九十年代早期倫敦最受歡迎的劇作家之一。

Content

我是黃，也是白，還帶著一點藍

1

選擇就讀「前・底層中學」的學校

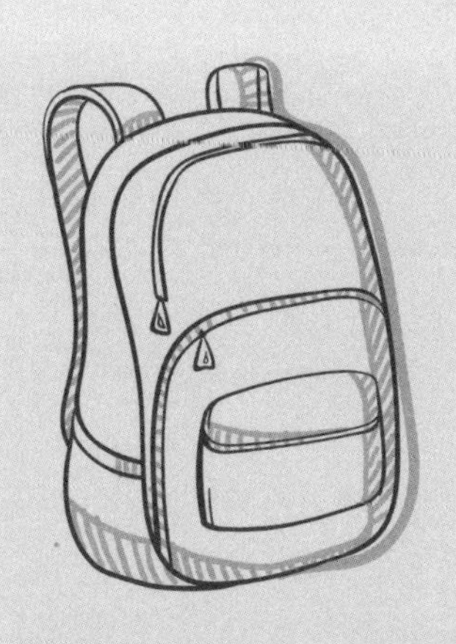

「怎麼覺得你兒子選擇了一所，和他所念的小學校風完全不一樣的中學啊！」

當我說出兒子要就讀的中學校名時，不少人都是這般反應。

因為他決定要進入的中學，和他之前就讀的小學，校園風氣可說是截然不同。

在英國，監護人有權決定讓孩子就讀哪一所公立小學、中學。由稱為「英國教育標準局（Ofsted）」的督學機關公布定期督察報告，以及全國學力調查結果、師生比例、用於每位學生的教育預算等詳細資料，並根據這些資料列出學校排名，公布於網站與知名媒體，像是BBC、各大報紙等。

不少家長很早就在思考孩子的就學問題，觀察這份排名，擬定計畫，待孩子接近就學年齡時，便遷居排名數一數二的學校附近。

因為明星學校是擠破頭的窄門，所以地方政府的教育單位會派人測量從校門到學童家的距離，然後依距離最近的順序安排入學。因此，明星學校附近的房價居高不下，更加拉大貧富差距，促使近年來發生所謂的「社會種族隔離（social apartheid）」問題。

我們住的這一區被稱為「邊陲區」，附近多是排名倒數的學校，所以房價始終低迷，但我兒子卻是就讀排名第一的公立小學，而且還是天主教學校。

英國的公立學校，分為英格蘭教會、天主教、猶太教、伊斯蘭教等宗教學校。

忘了有這回事的我，想說先受洗成為天主教徒就對了。雖然出身愛爾蘭的外子號稱自己「**自從十四歲那年的聖誕節之後，就再也沒望過彌撒了**」，但他的姑姑是修女，堂弟是神父，所以家族是虔誠的天主教徒，因此他的親戚絕對不會讓孩子就讀天主教學校以外的宗教學校。

雖說如此，倒也沒有規定非得遵守家規不可，所以不遵循慣例也無所謂，況且我和外子也不是什麼虔誠信徒，只是順應家族長輩的期望，讓兒子就讀天主教學校。

這所天主教學校是為了我們住的地區，也就是原本的公營住宅區以及緊鄰的高級住宅區，這兩個教區而設立的學校。住在高級住宅區的多是每週日會去所屬教會望彌撒的傳統家庭，連帶這所學校的學生也多是出身富裕家庭，加上家長們很重視孩子的課業，所以除了管教嚴格之外，回家作業也很多的這所學校，時常高居小學排行榜榜首。

這所小學的畢業生，幾乎百分之百都就讀天主教中學，而且是當地的頂尖中學。我兒子的同學也幾乎都進入這所學校，所以我們母子倆也以為應該就是念這所了吧。因此，我並沒有特別留意兒子小學畢業後要讀哪一所中學。

就在兒子即將升上高年級時，收到附近一所中學寄來的入學參觀通知單。這所學校的學生多是那種會迸出「white trash（白色垃圾）」如此失禮的歧視話語，來自藍領家庭的白人小孩。幾年前，我們家附近的中華料理餐館被小鬼們用紅磚砸破窗戶，這所學校的問題學生還會躲在公園的草叢裡吞雲吐霧。

沒想到排名總是敬陪末座的這所中學，現在居然躍升至排行榜中間的名次。

這到底是怎麼回事呢？基於這般好奇心，我決定前往一探究竟。

「好啊，去看看吧！反正學校允許我們早退，去參觀以後可能要念的學校。」

由於兒子也同意，我們便抱著輕鬆心情一起去參觀學校。

性手槍樂團*竟然出現在中學的走廊

參觀當天，我們一走進學校大廳，便瞧見許多明年即將成為國中生的孩子們與監護人早已落座。我們坐下後，感覺身旁的兒子有點不安。

我們上週參觀的是天主教中學，因為兒子的同學都決定念那所學校，所以他當時跑去和朋友們坐；相較之下，這裡沒有半個他認識的同儕。

參觀天主教學校那天，站在臺上致詞、年逾半百的校長，不斷強調學校辦學成績有多出色，學生的學測成績優異，不少學生畢業後考取牛津大學和劍橋大學。

*注解：性手槍樂團（Sex Pistols），一九七五年成立於倫敦，是一支英國龐克搖滾樂團。被視為流行樂史上最有影響力的樂團之一，引發了英國的龐克運動，啟發了許多後來的龐克和另類搖滾音樂人。

校長的致詞結束後，接著是一副將來會進牛津大學，十足優等生模樣，操著一口優雅英語的學生會會長，一派爽朗的向在場眾人問候：「**歡迎各位蒞臨敝校。**」然後朗朗說明校園生活多麼美好、有意義。

反觀我們家附近這所中學，上臺致詞的是看起來約莫四十出頭的年輕校長，與其說是在介紹學校，不如說他想藉此機會發揮他的幽默感吧，而且致詞簡單明快得讓人詫異，心想：**咦，講完了嗎？**

本以為接下來應該是學生會會長出場，沒想到——

「接下來，請各位欣賞我們學校的驕傲，音樂社帶來的精采演奏。」

校長說完，他身後的布幕倏然拉起。

講臺上出現一大群抱著各種樂器，身穿制服的國中生。除了吉他、貝斯、鍵盤、加上鼓的管樂隊之外，還有人手持打擊樂器、烏克麗麗、大提琴、口風琴等，以及一些叫不出名字的民族樂器。

想說這旋律好像在哪裡聽過似的，原來叫做「放克名流（Uptown Funk）」。不曉得是因為樂器種類過多還是演奏得不怎麼樣，一時之間沒聽出來，只覺得聲勢頗浩大。

負責引吭高歌的是三位男女同學，站在中間的是戴著眼鏡、身形較為豐腴的女孩子，兩旁分別站著體型高瘦的金髮少年，以及舞跳得出奇好的黑人少年。只見他們模仿火星人布魯諾*彎腰，搖晃肩膀，踩著和詹姆斯・布朗*一樣輕快的舞步在臺上漫舞。

明明樂器種類繁多，各種樂音、動作都有，臺上眾人卻能融為一體。為何如此拉雜的演奏，聽起來卻不嘈雜呢？不由得思索的我，馬上知曉答案。因為大家樂在其中，享受這一刻，如此開朗愉悅的氣氛驅散了瑣事，催生出活力十足的能量。

我發現盯著臺上表演的自己不由自主地打著拍子，冷不防轉頭瞧向身旁，發現十歲大的兒子睜著明亮雙眼，靜靜地看著我。

「表演得真好呢！」

表演結束後，我對兒子這麼說。

＊注解：火星人布魯諾（Bruno Mars），美國歌手、詞曲作家、音樂製作人和舞者。全球專輯銷量超過九百萬，單曲銷量超過一億。音樂風格含有多種音樂流派的元素，是流行樂中最具多元性的歌手，被《時代》雜誌列為全球百大影響力人物之一。

＊注解：詹姆士・布朗（James Brown，一九三三～二〇〇六），非洲裔美國歌手，有「靈魂樂教父」之稱。

「是啊！」

冷淡回應的他從椅子上站了起來，我也趕緊起身。

有位女學生帶我們參觀校園，其建築物風格與天主教中學完全相反。天主教中學的校舍是像「哈利波特」霍格華茲學校那般古色古香的建築，散發著觀光客會來造訪的懷古風情，天花板特別高，牆面明顯有些龜裂，油漆斑駁，感覺冷颼颼的。

反觀我家附近這所中學，則是英國隨處可見的一般校舍。英國人將這種講求實用，沒什麼特色的建築物稱為「沒有辨識度的建築」。窗戶比哈利波特校舍的大多了，自然光照亮室內，清一色的白牆，還有讓暖氣能擴至各處的低矮天花板。

「教室好明亮、好新，真不錯呢！」

我對兒子這麼說。只見穿著和別人不一樣制服的他默默頷首，緩步走在一群愉快談笑的少年身後。

英國的中學教育是依照數學、英語、科學、歷史等各科目，於不同的教室上課，所以學生們每堂課都要跑班。我們被帶至每間教室，和各科老師打招呼，了解教學方式。

我發現兩所學校老師的態度可說截然不同。

天主教學校的老師們一副「有什麼問題就問吧，我會回答」的樣子，默默地坐在椅子上，不然就是悠哉地看書；這裡的老師則是站在教室裡迎接我們，主動和我們交談。

我想這就是什麼都不用做，學生也會自動上門的頂尖學校，和必須努力招生的學校，最大的差別之一吧。

「接下來要去音樂教室，那裡也是音樂社的社辦，擺放著各種樂器。你有學什麼樂器嗎？」

參觀完數學教室後，負責接待我們的女學生說道。

「我有自學吉他。」

被詢問的兒子這麼回應。

「吉他，很好啊！我是彈奏鍵盤。你有聽到我們剛才在禮堂的演出嗎？」

留著像是年輕時的瑪麗安．菲斯勒*的髮型，一頭及肩金髮往外捲的女學生問道。

「哦？妳剛才也在臺上嗎？」

我好奇反問。

「是啊！不過臺上那麼多人，可能看不到我吧！光是鍵盤手就有八個人。」

她微笑地說。

音樂教室似乎位在最高的樓層。我們跟著女學生登上樓梯，走廊的左右牆上掛著一整排該說是熟悉呢，還是令人無比懷念的正方形物體。

兩側牆上貼著影子樂團、動物樂團、誰樂團等，英國知名搖滾樂團的專輯封面。總之，這般以盧尼．多尼根為首的排列法，著實令人心服口服。還有披頭四、滾石樂團、平克佛洛伊德、大衛鮑伊、齊柏林飛船、T．Rex等專輯封面，也出現在學校走廊上。

走過被左右兩邊經典專輯封面俯視的走廊，心想：啊，果然。瞧見黃色中帶著粉紅的妖豔色彩，〈別管布拉克斯發飆〉*的專輯封面，性手槍樂團竟然出現在中學的走廊。

眺望著史密斯樂團、石玫瑰、綠洲合唱團、流線胖小子等，這些比較近代的樂團、歌手專輯封面，不知不覺來到音樂教室兼社辦的門口。

「這是學校裡我最喜歡的地方。」

女學生一邊開門一邊說。

這裡的空間足足比其他教室大上三倍，兩側排放著各式各樣的樂器，最裡面還有一間用玻璃區隔出來的獨立房間。

「那間房間是做什麼用的？」

「那是錄音室。」

女學生回答我的提問。

「欸？連錄音室都有？好棒喔！」

詫異不已的我走過去瞧個究竟。

一回神，才發現兒子站在門口，冷冷地瞅著我。

＊注解：瑪麗安．菲斯佛（Marianne Faithfull）六十年代風靡一時的英國歌手。

＊注解：性手槍樂團（Sex Pistols）的第一張也是最後一張專輯『Never Mind The Bollocks』，以英國社會低層的角度，狠狠地批判當權者及資產階級，在當時形成一股勢不可擋革命潮流。

「好孩子」的決心

兒子不曾說過：「我要去念那所學校。」

但外子說，看到我興奮描述住家附近這所原本是底層中學的情形，顯然我很中意這所學校，勢必會影響兒子的決定。

「自從學校大幅改變辦學方針後，孩子不但可以盡情學習音樂、舞蹈之類的興趣，連課業成績都提昇了呢！」

「老師們也比天主教學校的老師親切、熱忱多了。」

「總之，快樂學習很重要，這樣孩子就不會在校外鬧事，因為可以在學校做自己喜歡做的事。」

我記得自己確實說過這些話，但不記得有勸說兒子念這所學校。為什麼呢？因為我瞭解自己的孩子。

不同於一把年紀了，還會耍小脾氣的我，年僅十歲的他可是腦子清楚得很。畢竟曾在一流的天主教小學擔任學生會會長，所以基本上是個「好孩子」。

所以比起參加學校的樂團、街舞社團，他更在乎這所學校的學測平均分數與升學率吧。雖說他自學吉他，但感覺只是彈奏出正確旋律（其實也沒那麼差），稱不上有什麼節奏韻味，和那天音樂社團的放克風格演奏差遠了。

不過，他也不是和表演方面的事情完全沾不上邊。事實上，兒子在七歲那年，曾在某部義大利電影中，飾演菊地凜子*的兒子。

但他倒也不會因此想朝演藝圈發展。基本上，像我們這種不算富裕的小康家庭，孩子必須助學貸款才能念大學，所以生性務實的他將演出酬勞，一便士也沒花的存起來。

外子倒是表明不想讓孩子就讀「前．底層中學」這所學校，因為他擔心有張東方面孔的兒子，在超過九成學生都是英國白人的這所學校裡，會被霸凌。英國的中學是從十一歲到十六歲，足足要念五年，所以高年級和低年級的年紀差很大。外子更擔憂身材瘦小的兒子會被欺侮得很慘，就怕發生無法挽回的憾事。

*注解：菊地凜子，日本女演員，以《火線交錯》受到全世界觀眾矚目，並入圍二〇〇六年奧斯卡最佳女配角。

其實我曾在路上看到國中生向外國人飆罵帶有種族歧視意味的髒話，還有我常去的那間中華料理餐館老闆的兒子也在幾年前，因為遭同學霸凌而轉學。

天主教學校的學生出身就十分的多元，有來自南美洲和非洲裔、菲律賓，以及歐洲各國天主教移民的孩子，近年來移民家庭的學生比例可說逐年攀升。

然而，被稱為「chav」*也就是白人藍領家庭出身的孩子，就讀學校都有很嚴重的種族歧視問題，所以許多移民家庭都不想讓子女在這樣的環境學習。譬如，一到子女要挑選學校的時期，只要逛一下「Mumsnet」這樣的教養網站，就會看到中產階級的英國人、移民分享這樣的資訊：「**某所學校的學生多是白人藍領家庭的孩子，千萬別讓自己的孩子就讀那裡。**」

因為這股風潮的關係，近年來英國鄉下地方出現稱為「多樣性差異」的現象。也就是有各種族學生組成的頂尖學校，也有像「前・底層中學」這所學校般，放眼望去盡是英國白人學生的學校。

「幾乎都是白人小孩啊！」

參觀完學校的回家路上，兒子不由得喃喃自語。

眼看向地方政府機關提交中學入學申請書的期限迫在眉睫。

兒子突然說他想去念「前・底層中學」的學校，因為和他很要好的同學決定就讀這裡。同學的母親找到一份全職工作，無法開車接送孩子上下學，想說讓他就讀走路可到的學校。

「你要是真的想去就去吧！但我是反對的。」

外子這麼告訴兒子。

「為什麼？」兒子問。

「第一，那所學校的學生幾乎都是白人，而你不是，也許你一直認為自己是白人，但長得並不一樣。第二，天主教學校的學生素質比一般學校優秀，有些家庭為了讓孩子入學，甚至改信天主教。我們家剛好信天主教，真的很幸運，所以我無法認同你居然如此輕易地放棄身為勞工階級的

＊注解：「chav」，低俗青年，常指受教育程度低、穿著怪異、行為討厭的年輕人。英國社會及媒體常用來指具有反主流社會傾向的青少年的刻板印象用詞。

我不太可能享有的特權，還自願降格。」

外子如此回答兒子的反問。

兒子沈思半晌後，還是沒有改變心意。

我不會開車，無法接送他上下學，如果要就讀天主教學校的話，必須換搭兩班公車，再從公車站走一大段路才能到學校，與其雨天、寒冬這麼辛苦通學，不如就近就讀比較好。我之所以中意這所學校，也是基於這般務實的考量。

於是，兒子決定就讀「前．底層中學」這所學校。

沒想到他馬上就融入新的學習環境，不但立刻交到新朋友，還參加音樂社等好幾個社團，過著忙碌的校園生活，適應力很強的他很享受這種全新的校園生活吧。

「根本沒什麼好擔心的，是吧？」我說道。

「嗯，目前是這樣沒錯啦！」

外子回道，也總算比較安心的樣子。

某日的早上。

兒子趕著出門上學後，我走進他的房間打掃。瞧見他的國語作業簿攤放在書桌上，心想：**昨晚一直坐在書桌前、不知道在做什麼的他，居然忘了帶走這麼重要的東西**。我一看，原來是上禮拜的回家作業。

兒子在這題：**「『藍色』這單字意味著什麼情感？」**寫了錯誤的答案，所以被老師用紅筆批改。

「要是寫『憤怒』的話，就會被老師用紅筆修改。」

吃晚餐時兒子這麼說。

「不會吧！你到現在還是這麼認為嗎？」

我笑著說。

「藍色意味著『悲傷』或是『悶悶不樂的心情』。」

我這麼告訴兒子，但他說這麼寫，老師也會修改。

這就是那個回家作業嗎？我盯著作業簿，思索著。

突然瞄到兒子在作業簿右上方一角的塗鴉，那是縮著小小身軀，屏息地用藍色原子筆在簿子一角留下的筆跡——

我是黃，也是白，還帶著一點藍。

我的內心頓時發出沉鈍聲響，感覺自己差點昏厥。

難不成他遭受什麼讓他這麼寫的事嗎？

我闔上作業簿，將散放在桌上的鉛筆、橡皮擦收進鉛筆盒，再將鉛筆盒壓在簿子上。

突然想到，他寫這行字時，知道「藍色」這詞的正確意思嗎？還是不知道呢？我實在無法不在意這件事。

但這時的我，還無法開口問他這件事。

2

看似「歡樂」的新學期

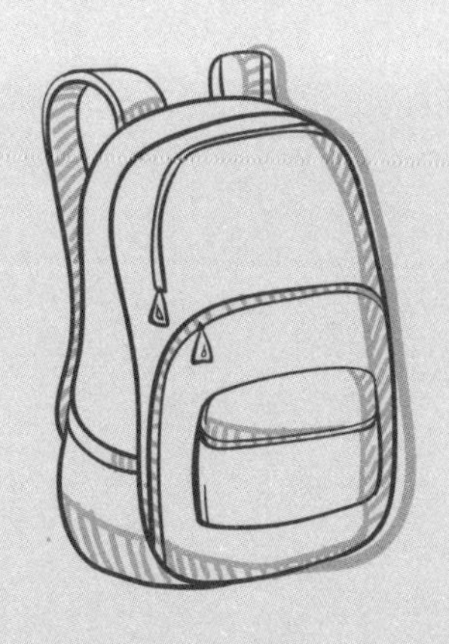

英國的小學、中學並沒有開學典禮和畢業典禮。像我這種一介貧民，不曉得伊頓公學*之類的私立學校是否有這類儀式，至少公立學校沒有什麼家長穿著體面，陪同孩子參加開學典禮的規矩。

所以打從開學那天起，家長都是站在自家玄關，說一句：「**快去吧！加油哦！**」然後目送孩子上學。說冷淡，是挺冷淡啦！總之，鮮少會有淚眼婆娑，看著穿上制服的孩子出門上學的誇張情景。

就某種意思來說，兒子所就讀的中學從一開始就很會演，不，應該說「看似歡樂」。

暑假即將來臨之前，我收到學校寄來的通知單，條列出九月幾號開學、孩子們何時在學校禮堂集合、開學當天必須帶哪些東西、可以在學校餐廳用午餐，也可以帶便當等注意事項，似乎每一所公立學校都是如此。

「我家孩子就讀的這所學校除了告知注意事項之外，還指定要讀哪幾本課外讀物，而且開學後每週都有小考，建議孩子先預習國語和算數。明明才剛開學，怎麼就有作業啊！果然上了國中之後，課業繁重多了。」

孩子就讀天主教中學的媽媽友人在電話彼端這麼說。

「我們的通知單上是寫準備參加甄選活動。」

我對著友人說道。

「蛤……？」

「請我們準備參加開學隔天舉行的甄選活動。」

「什麼樣的甄選活動啊？」

「音樂劇。」

聽到我的回答，媽媽友人沈默良久，也許是不曉得如何回應，也或許是強忍笑意吧。

雖說要準備參加甄選，我想反正就是上YouTube瞄一下音樂劇〈阿拉丁〉的精華片段，然後看書和動畫版〈阿拉丁〉就行了。

但我兒子是那種一定要先做功課的認真個性，所以反覆看了好幾遍在倫敦西區劇院上演的〈阿拉丁〉音樂劇影片。

皇天不負苦心人，他在開學隔天舉行的甄選活動上贏得神燈精靈這角色，畢竟很少像他這麼認真背記歌詞的學生吧。

＊注解：伊頓公學（Eton College），只招收十三至十八歲的男生，是英國最頂尖、最神秘、最具有貴族氣息的中學，是英國王室、政治界、經濟界精英的搖籃。

在英國的中學課程，有一門稱為「戲劇」的科目，也是於英格蘭、威爾斯、北愛爾蘭完成中等學校教育時，參加「普通中等教育證書（GCSE）的考試科目之一。若想要報考大學的話，一般要準備八～十個應試科目。

雖說如此，學校倒也不是為了大量培育演藝人員，而教授戲劇這門課程，只是為了提昇學生的自我表達能力、創造力與溝通力。

身為教保員的我感受到英國教育對於戲劇的重視，也反映在幼兒教育方面。

英國政府訂立的幼兒教育課程英國早教體系（EYFS）便是一例，在名為「溝通與語言」這個指導要項中，明示四歲就學時應該要達到的發育目標之一，就是「能夠使用言語，重現角色與經驗」。

因此，英國的幼兒教育設施，每天都會安排戲劇指導課程。好比笑臉是開心、歡樂時的表情，憤怒的臉是生氣時的表情等。

牆上貼著露出各種表情的人臉海報，老師反覆詢問：「**這是什麼表情？**」、「**大家可以做出這樣的表情嗎？**」要求孩子們試著露出同樣的表情。老師又問：「那麼，大家什麼時候會想露出這樣的表情呢？」

由此展開討論話題，也就是連結「心情」、「表現」與「傳達」這三步驟，教導並訓練孩子們向別人清楚表達自己的情感。

我任職的托兒所隸屬於慈善機構，位於失業率與貧困家庭比率非常高的地區，所以孩子多是來自有家庭暴力、家長有酗酒惡習之類的問題家庭。不少孩子總是面無表情，不善表達情感，也無法理解別人的情感。就算別人一臉痛苦、厭惡地開始哭泣，他們也不懂要對帶給別人痛苦的自己下達「停止」的指令。

這些行為有問題的孩子在溝通方面可說發育不全，所以我在被稱為「底層托兒所」的這處工作地方，即努力帶入一些與戲劇表演有關的遊戲與團體活動。

這麼一想，便覺得位於同樣地區，「前・底層中學」這所學校之所以大力推廣戲劇教育是有理由的。

當然國中生的情感與表現方式，比起一挨打就馬上哭鬧以示抗議、被罵就不敢造次的幼兒時期相比，來得複雜、纖細多了。

複雜化的種族歧視問題

預定於十一月演出的〈阿拉丁〉，是只有七年級生（相當於台灣的國一生）才能演出的音樂劇。學校為了提昇新生的協調溝通力，並凝聚向心力，所以每年都會舉行這項例行活動。

飾演男主角阿拉丁的是父母均為來自匈牙利的移民，有著一頭黑髮與淺咖啡色眼瞳，看起來比我兒子年長，名叫丹尼爾的美少年。因為兒子飾演的精靈形象是個比阿拉丁年長，會施魔法的大塊頭男人，所以兩人的組合有些微妙。看來應該是甄選那天，只有他們倆能熟記歌詞與臺詞，所以才擔綱要角吧。聽說丹尼爾從小就上戲劇學校，還有過好幾次以童星身分登上倫敦劇院舞臺的經驗。

這所學校有音樂社，聽說社團指導老師待過莎士比亞劇團。參與演出的學生利用每天放學後與午休時間，集合排練，所以才一開學，兒子就很忙碌。

某天，在學校排練到很晚才回家的兒子，衝進家門後便默默地走進了自己的房間。正在工作的我心想：**發生什麼事了嗎？**

「剛才發生了非常不愉快的事。」

不一會兒，他走過來開口說。

「怎麼了？」

我停下手邊工作，回頭看向他問道。

「和我一起走回家的同學說要去雜貨店買口香糖，我在店門口等他，突然有輛車子停在我面前，有個男子搖下車窗，衝著我喊：『fucking chink！』」

我不懂那個人為什麼要衝著雖然穿著中學制服，但看起來像九歲小孩的他亂飆罵。

「是什麼樣的人？」

我再次反問。

「大概十七、十八歲吧。穿著夾克，戴著帽子。」

「那你怎麼反應？」

「我不敢看他，默默地別過臉，趕緊離開。」

「嗯，這麼做是對的。」

面對種族歧視，要向對方比中指，表明自己不是好欺負的，這是搞社運的傢伙才會做的事。面對英國的殘酷現實，個頭嬌小的中學生要是依樣畫葫蘆的話，對方肯定會下車，痛扁一頓吧。

「今後也許會遇到不少這種事吧。」

「為什麼？」

「之前你念的小學離家比較遠，所以沒遇過這種事，但其實這一帶就是有人會做這種事，加上你的個頭小，又穿著中學的制服，更容易成為被攻擊的目標。」

「蛤？」

「那些傢伙雖然不會對小學生出手，但更不會放過國中生。因為對他們來說，穿著中學制服的瘦小孩子，是最好下手的目標，想說一定打不過他們。」

「真是太卑鄙了！知道對方打不過自己，就以大欺小！」

「嗯，他們就是這種傢伙。」

這麼說完，我又看向電腦螢幕。

「所以媽媽也總是別過臉嗎？」

我身後傳來兒子的聲音問道。

「咦？」

我疑惑地回頭。

「我小時候被叫『chink』（中國佬）時，媽媽都是這麼做啊！」

我很訝異他還記得這種事。

在兒子還沒上小學時，我總是帶著他一起去工作的托兒所，好幾次在上班路上遭遇到這種事。所以他應該是想起那時候的我怎麼反應，才會那麼做吧。也許這件事喚醒了從底層托兒所去到環境截然不同的小學，然後又回到底層環境的兒子心中早已淡忘的記憶。

後來約莫過了兩個禮拜，兒子和飾演阿拉丁的丹尼爾吵架。

「他種族歧視！」

兒子一回到家就這麼嚷嚷著，看起來相當激動。

「他對你說了什麼嗎？」

「他不是對我，是對黑人孩子說了很過分的話，他非常歧視移民。」

兒子氣憤地回道。

「丹尼爾的爸媽也是移民，不是嗎？」

「就是啊！明明自己也是，為什麼要說那種話？」

聽兒子述說原由，丹尼爾看到黑人少女總是記不住舞蹈動作，便在背地裡嘲諷。

「明明是黑人，跳起舞來卻像森林裡的猴子，搞不好給個香蕉就會跳了吧！」

現在還有人將黑人、叢林、猴子聯想在一起，連香蕉這詞都說出口，真是有夠老套啊！實在不像是在嘻哈、R&B等次文化席捲時代下長大的英國孩子會說的話。

根據我的經驗法則，孩子在這時期會說出不合時宜的言辭，泰半是因為周遭大人都這麼說的關係。

「真是無知啊！我想他應該是聽到大人這麼說，就有樣學樣。」

「所以他很笨，對吧？」

兒子忿忿地說。

「不，腦筋不好和無知是兩回事。知道原本不知道的事，這個人就不無知了。」

兒子聽到我這麼說，思忖片刻後，默默走回自己的房間。

過了幾天後，想說應該也要讓外子知道這件事的我主動告知。

「他都沒跟我說這件事。」

因為父子倆感情非常好，無所不談，所以外子頗受打擊。不知為何，兒子沒向他爸提起那天遇到的事。

「所以我才反對讓他念附近這所中學。那傢伙故意停車，搖下車窗飆罵，就是打算下車對他不利啊！」

「但他沒理會，所以沒事啊！要是回罵，對方才會下車吧。」

「妳太天真了！這時候應該用手機拍下車號，然後報警處理。」

「要是這麼做的話，對方應該會搶走手機、弄壞吧。」

我看著情緒激動的外子，心想：**兒子恐怕是因為不想引起這番騷動，才沒告訴老爸吧**。但又覺得似乎不只是因為這樣。

或許他覺得能談種族歧視這種事的對象，不是身為白人的父親，而是東方人的母親。我不知道兒子為什麼會這麼想，但他似乎覺得自己有著「白人」與「非白人」的雙重身分，而且這兩者無法合而為一。

可想而知，他不會將同學那番歧視言詞和吵架一事，告訴父親。

「現在只有來自東歐的鄉下人，才會用叢林、香蕉這種六〇年代的歧視字眼來嘲諷黑人。」

外子不自覺也迸出這般歧視言詞。

「他或許就是知道你會這麼說，所以才不告訴你吧。」

我冷靜地分析說道。

多元化社會衍生出各種種族歧視問題，而且愈來愈複雜。

移民來自各國，種族也不一樣，所以移民之間也會有種族歧視問題，不少人抱著以牙還牙、以眼還眼的仇恨心態。看著這場攻防戰的英國人則是選邊站，聯手攻擊另一方。

當初決定讓兒子就讀學生多是英國人白人的這所學校時，便有點擔心他會被欺負，卻沒想到和他發生衝突的竟是移民之子。

原以為有張東方人面孔的兒子，與來自匈牙利移民家庭的丹尼爾之所以脫穎而出、擔綱要角，應該是學校為了促進多元化的策略之一吧。現在想想，還真是諷刺。

A Whole New World

在學校大禮堂公演兩晚的音樂劇「阿拉丁」大受歡迎，一張五英鎊的門票在線上開賣，才一週便銷售一空。然而，即將正式開演的前幾天——

「丹尼爾發不出聲音，好像很痛苦的樣子。」

試裝完回家的兒子這麼說。

我一聽，馬上想到高個子、長相比較成熟的丹尼爾已經進入變聲期，可能無法表演那段阿拉丁乘著魔毯，高唱〈A Whole New World〉的經典場面，畢竟這首歌的key很高。

雖然降key也是一個辦法，但這首歌是和茉莉公主合唱，要是key太低，飾演茉莉公主的女同學也沒辦法唱。雖然已經盡量調整，丹尼爾還是唱得很吃力。

「一直批評別人唱得不好、跳得很差的他，竟然在正式演出前發生這種狀況。」

兒子說道。

「就是啊！他對別人做過的事，都反撲到自己身上了。」

外子幸災樂禍地說。

「對了，你們和好了嗎？」

我好奇反問。

「怎麼可能啊！」

兒子不以為然地回道。

「我看他真的唱得很痛苦，就向老師提議：『我站在幕後代唱，他只要對嘴就行了。這樣不就得了嗎？』老師也覺得這方法可行，丹尼爾卻不肯，還說什麼：『我才不要讓喉嚨裡像是噎著春捲的東方人代唱！』」

「…………」

看來兒子的死對頭，是個極端種族歧視主義者。

〈阿拉丁〉的首演就在這樣的紛擾中登場。

我和外子坐在禮堂的觀眾席上。除了家長之外，也有爺爺、奶奶、親戚全來捧場的一家人，開演十五分鐘前的會場早已座無虛席。

音樂社團的學生們手持樂器，坐在舞臺與觀眾席之間的樂池，只見高個子的男學生站上指揮臺，宛如是真的音樂劇交響樂團。門票收入全數作為社團資金，用於下次公演。

或許是拜這筆資金之賜吧，無論是戲服還是道具都很精緻。孩子們的歌聲、演技也很出色，整體水準堪比戲劇學校的成果發表會，應該很少有公立中學能做到這般境地吧。從九月開學起，歷時兩個半月，不只每天放學後留下來排練，就連週末也要到校練習的辛苦果然值得。

只見塗成一身藍的兒子穿著繡上金色絲線、閃亮亮的華麗精靈服登場，一臉得意地高唱讓我聽到耳朵都快長繭的歌，又蹦又跳地做了許多搞笑動作。

原本就不怕在人前表現自己的他，是個努力回應老師期待的「好孩子」，所以小學的才藝表演也被委以重任，總覺得舞臺上的他和那種只是才藝出眾的孩子不太一樣。

神燈精靈是個非常特別的角色，感覺兒子打從心裡享受自己完全變成另一個人的樂趣。其他演出者也配合得很好，就連兒子的死對頭、飾演阿拉丁的丹尼爾表現得也很出色。有一幕只有兩人的對手戲，也顯得相當有默契，一方出錯，另一方立刻即興救援。

兒子暫時退場，接著是阿拉丁與茉莉公主乘著魔毯，引吭高歌的經典場面。丹尼爾開口獨唱，卻完全聽不見他的聲音。果然如兒子所言，正值變聲期的他根本唱不上去，只好降一個八度；但顯然聲音太低，即使他很努力地唱著，卻被樂團的樂聲完全抹去。本人似乎也聽不見自己的聲音，顯得十分慌亂。

察覺到異狀的音響操控人員趕緊調升麥克風音量，剎時發出刺耳噪音。這下子別說阿拉丁，就連茉莉公主的歌聲也聽不到，觀眾席頓時騷然躁動。

突然，像要挑戰刺耳噪音似的，響起近似怒吼的聲音——那是兒子的聲音，他在後臺高唱〈A Whole New World〉。

音響操控人員趕緊調降麥克風的音量，噪音嘎然而止。丹尼爾一副若無其事樣，面帶帥氣笑容，張開雙手，開始對嘴。

「是老師叫你那麼做的嗎？」

在回家路上外子這麼問兒子。

「不是，我對老師說我來唱吧！老師就把麥克風拿給我。」

「可是阿拉丁那傢伙不是很討厭喉嚨噎著春捲的聲音嗎？」

「這並不重要。都已經練了兩個月，要是那場戲毀了，大家的努力便白費了。」

兒子走在我們前面說道。

「而且啊，我覺得他不會再提春捲那件事了。因為他還一臉若無其事地向我道謝，說明天也麻煩我了。」

兒子繼續說著，接著從口袋掏出手機。

「換衣服時，他還問我手機號嗎呢！」

「你有告訴他嗎？」

「嗯，沒理由拒絕吧！況且還有很多事情得教教無知的人。」

「蛤？」

面對外子的疑惑，兒子並沒回應。

就某種意思來說，青春期孩子的吸收力，有如海綿一般也挺可怕的。

「雖然丹尼爾和我是死對頭，但我想也許能成為好朋友吧，因為我們擅長的事很像。」

我默默地望著帥氣地說著這般話的兒子背影。

走在夜晚的街道上，突然有個背著樂器的高年級生騎著自行車經過。

「小不點，幹得好！」

他向兒子稱讚說道。只見兒子笑著，豎起大拇指回應。

我彷彿聽見從四周蕭瑟街景中，傳來高唱〈A Whole New World〉的歌聲。

3
不愉快的饒舌聖誕節

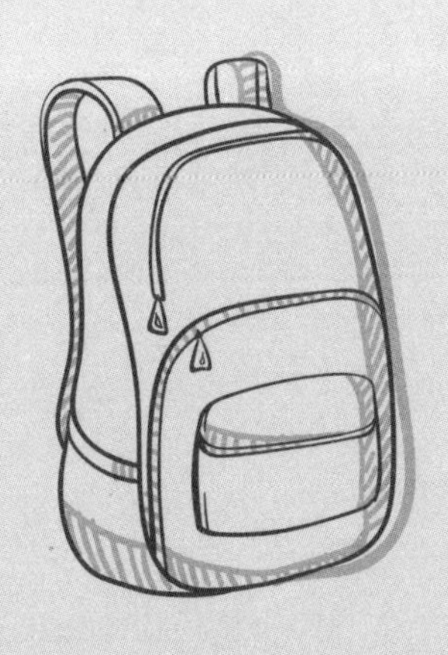

我家位於被稱為「邊陲區」，原本是公營住宅區的地方。

為什麼「原本是」呢？因為這一帶是柴契爾夫人執政時，政府機關賣給民眾的公營住宅區。

其實英國現在幾乎沒有純粹的公營住宅區。一九七九年，有42%的英國人住在公營住宅。八〇年代，柴契爾夫人下令將公營住宅區逐一售予民眾，爾後幾乎不再建蓋公營住宅。就連從九〇年代後半到二〇〇〇年，隸屬工黨的首相布萊爾、布朗執政時期，這十三年來也只蓋了七千八百七十戶公營住宅。

柴契爾夫人執政時，政府以「讓居住者享有購屋權」為由，政府出售公營住宅；但有些人買得起，有些人還是買不起。此外，買得起的人就算買下來，也不一定自己住，而是轉手賣掉，遷居別處。於是，英國的公營住宅區便逐漸「雜居化」。

也就是說，有一種是向房屋仲介購屋的居民（從柴契爾夫人時代開始，在當地已經住了好幾代），另一種則是向當地政府機關租屋的居民，促使這裡成了兩種居民並存的區域。後者直到現在還稱自己居住的地方是

「公營住宅區」，其實嚴格說來，英國現在幾乎沒有所謂的純公營住宅區。

以我家這一帶為例，左邊鄰居是柴契爾時代買下這棟公營住宅後，便定居於此；右邊鄰居是透過房屋仲介購屋的年輕夫妻。身為中產階級的他們生活優渥，不但庭院有按摩池，還增建玻璃帷幕的健身房，與窮酸的我家形成鮮明對比，一時成了鄰里閒嗑牙的話題。

近年來，不少英國中產階級以便宜價格購買原本是公營住宅的房子，仿效「設計旅店」的風格，改裝成豪華時尚新居，類似住宅被稱為「時尚公營住宅」。

我想起我家對面那一戶，住著一對從七〇年代便定居在此的老夫婦。他家隔壁則是透過房屋仲介買房，來自巴基斯坦的移民家庭，紅磚牆面刷上淡黃色油漆，搭配胭脂色屋頂，個性十足的色彩為這片原本是公營住宅區增添了異國風情。

沿著這條住戶的國籍、家庭狀況都不一樣的住宅區上坡路前行，就能見到一棟混凝土建築的社區大樓。這棟建於林立著兩層樓建物的公營住宅區，樓高十五層的公營社區大樓是後來才蓋的。

那裡對住在雜居區的我們來說，可說是「暗藏危機」的角落。半夜要是聽到巡邏車和救護車的警笛聲，就會反射性想到：**八成那裡又出了什麼事吧！**而且幾乎八九不離十都命中。

這棟公營社區大樓尚未雜居化，雖然政府也會釋出空屋讓民眾購買，但因為居住環境的風評不好，聽說即便降價出售，還是乏人問津。

工黨掌握政權的千禧時代出現了「chav」這一詞，成了英國莫大的社會問題。牛津英英辭典將「chav」這詞定義為：「**行為舉止無禮粗魯的底層階級年輕人。**」也被用於稱呼住在公營社區大樓這種地方的白人藍領階級。

當初BBC和權威報紙毫不遲疑地使用這樣的字眼，近年來更是變成帶有歧視意味的用詞。知識份子認為「**不能將這類型之人的流行文化與生活方式，貼上帶有刻板印象的標籤**」，所以十分避諱使用這個詞。其實只要和這類型的人有所接觸，就會發現他們的看法與生活並沒有想像中那麼的複雜。

話雖如此，但要是刻意像對待腫瘤一般，以政治正確（political correctness）作為迴避的藉口，便永遠無法解決這問題。

因為問題的根源，就是貧窮。

好比兒子第一天從學校回來時，帶著疑惑的臉走進房間。

「午休時間有幾個同學在教室聊天，有人問說：『**暑假在幹嘛？**』有個同學卻說：『**我一直有一餐、沒一餐的。**』」

兒子對我這麼說道。

後來又過了兩個禮拜，兒子一臉詫異地回到家。

「午餐費還有上限？居然有同學被老師叫去，說他『**花太多午餐費**』。我是沒被老師盯啦！一天的上限是多少啊？」

英國的公立學校有所謂的免費午餐制度（free meals），受惠對象是政府認定享有生活保障與失業保險等各種補助措施，以及免繳稅賦等的低收入家庭的就學子女。

小學因為實施營養午餐制，大家都吃一樣的伙食，所以不會有什麼問題。中學則是依個人喜好，在學校餐廳選購餐點、零食、飲料等，且不是用現金支付，而是採預付方式，也就是直接從監護人的銀行帳戶扣款。適用免費午餐制的孩子有一定的使用額度，為了避免新生在學期結束前就花光額度，老師會從旁提醒。

兒子之前就讀的天主教小學，幾乎沒有適用免費午餐制度的學童，所以兒子也不曉得有這制度。

兒子口中那位「暑假一直都在餓肚子」的男同學名叫提姆，他家就位於「暗藏危機」的公營社區大樓。我兒子有著看起來不太像是中學生的瘦小身軀，提姆的身形亦不遑多讓。他們家有四兄弟，提姆排行老三，母親好像是單親媽媽。

「他二哥也念我們學校，常在學校餐廳偷東西。」

「聽說他大哥因為吸毒，差點掛掉。」

每次聽兒子說這些事，我心想：**原來他在學校會講這些以前在天主教小學不可能聊的話題啊！**雖說如此，他以前待的底層托兒所也都是來自這般家庭的孩子。

Welcome back to the real world.

在被中產階級那溫柔泡泡包覆的世界中安穩學習的兒子，終究得回歸到現實。

失控的正義

提姆他家也適用免費午餐制度。

比提姆大三歲的二哥是十年級生，聽說總是偷些三明治和果汁，因為偶爾偷些東西，就不會花光額度。

聽說提姆那已經畢業的大哥在這所學校還是底層中學時，是出了名的愛打架、眼神兇狠的壞小子。相較之下，總是偷學校餐廳東西的二哥卻因為性格懦弱，常遭霸凌，放學回家路上被欺負到渾身是傷的情形不只一、兩次。母親向學校抗議後，校方准許他比其他同學提早五分鐘放學。

或許是因為孩子發生這樣的事情吧，我看到來學校參加親師會談的提姆母親一臉憔悴。

中學的親師會談方式和小學不一樣，所有老師依科目分別坐在配置的位子上，大禮堂坐了三十位老師，小禮堂坐了十位老師，監護人分別向擔綱孩子各科目的老師預約時間，所以會不停移動位子。因為家長沒看過各科老師，所以通常會帶著孩子一起參加會談。

我也和兒子一起在講堂從右邊往左邊移動位子，兒子瞧見陪同母親前來會談的提姆，我們還交談了幾句。

提姆的母親神情陰鬱，身子孱弱，看起來比想像中年輕的她已經冒出白髮，蒼白臉上未施脂粉。

「有人打電話來找她媽媽，才有工作可做，沒打電話來，就沒工作可做。」

從兒子這番話聽來，提姆他媽媽應該是在打零工，視雇主的需求，有時候可能「沒工作可做」。

其實現在有不少這樣的單親媽媽，不知道的人還有著刻板印象，指責她們是**「坐領生活補助款，不停生小孩的庸俗女人」、「用生活補助款整型、出國旅行的職業媽媽」**等。殊不知在保守黨大砍福利政策的嚴峻情況下，住在公營社區的單親媽媽們早已失去往昔的活力與美麗。

提姆的二哥也一起來會談，就站在母親身後。身形瘦小，綠色眼瞳閃亮亮的他給人的感覺和提姆不太一樣，就是那種被欺凌也無法回擊，八成連比他小的小鬼都敢欺負他，有點神經質的青少年。有些在惡劣環境下長大的孩子不但無法保護自己，甚至會變得畏畏縮縮。

更令人氣惱的是，霸凌他的還是住在我們這一區，將原本的公營住宅改建得頗為舒適，感覺家中經濟狀況還不錯的孩子。

聽兒子說，提姆的二哥之所以被欺負，是因為他的偷竊癖。「偷竊是**犯罪行為、你的偷竊癖是一種病、你這個混帳小偷、犯罪者就應該受到制裁。**」

同學們紛紛這麼指責他，開始霸凌他，言語暴力逐漸升級為肢體暴力，演變成失控的正義。

推測老師們之所以不像處理一般校園霸凌事件那樣嚴厲，是因為偷竊雖然不可取，但一想到這不是發生在商店、超市的竊案，而是適用免費午餐制度的學生為了節省餐費支出而犯案，多少有些同情吧。

況且三明治之類的食物，一旦過期也是要處分掉。再者，叫霸凌同學的家長來學校，搞不好還會被對方反嗆：「**我家孩子固然不對，但偷竊不就是犯罪嗎？**」與其把事情搞得更複雜，不如讓提姆的二哥比其他同學提早五分鐘放學回家，睜一隻眼，閉一隻眼地處理這事情就行了。

沒想到幾天後的放學時間，兒子突然打電話給我。

「媽，妳快過來啊！發生不得了的事了。提姆被圍毆了！」

聽到兒子不安的聲音，我穿著拖鞋便衝出家門，立刻瞧見一群穿著制服的少年，正在我家門前路上鬧事。只見五、六個少年搶走提姆的背包，不停地甩來甩去、扔向半空中，提姆拚命反抗，卻被其中一人重毆頭部，一旁的兩個人還將他壓倒在地。

「你們在幹什麼！住手！」

我大叫著衝了過去。

「是誰亂丟這個fucking bag！你們這些fucking guys！」

突然從街角冒出一位高個子的中學生，雙手扠腰地站在鬧事少年們面前怒喝。

少年們看到這位眉毛淡到幾乎看不見，長相酷似傑森．史塔森的學長，紛紛落荒而逃。

「Let’s go home!」

這位長相酷似傑森．史塔森的學生一說完，隨即轉身離去，提姆拿起背包趕緊跟上。

「那孩子是誰？」

我疑惑地問兒子。

「他是和提姆住在同一棟大樓的十一年級生，是個超恐怖的傢伙。」

兒子回道。

「是喔，看那張臉就知道。」

「媽媽好像幼稚園老師喔！」

兒子笑著說。

「拜託，我就是做這方面的工作啊！」

我有點不太高興地說。

不用兒子講，我也知道自己阻止那群小鬼亂來的聲音，很像BBC兒童節目裡的唱跳大姐姐。

全球的偷兒們，團結起來吧！

後來聽兒子說，那群人鬧事的起因，是有同學發現提姆偷竊，群起攻訐的關係。

起初少年們自詡是正義的一方，不斷指責提姆「行為不法」，後來卻演變成譏諷他是「貧窮人」、「住在那棟社區大樓的社會敗類」，進而圍毆提姆。

兒子平常和住在這一區，也就是霸凌提姆的少年們一起放學回家。當他們開始群起攻擊提姆時，兒子曾試圖阻止，但看到朋友們的神情逐漸變樣，他嚇得趕緊打電話給我。

「明明他們都是好孩子，卻突然變了一個人，變得好兇狠，我快嚇死了。」

小學念的是天主教學校的兒子，從沒見過充滿暴力的霸凌事件。

「一旦深信自己是正義的一方，就很容易走火入魔。」

我分析說道。

「固然偷東西這行為不對，但我覺得像那樣集體公審別人、欺負別人的行為更差勁。」

「嗯，媽媽也是這麼想。」

「耶穌在新約聖經的約翰福音，說過這麼一段話：『**你們當中要是覺得自己從沒犯錯，就向那女人扔石頭。**』」

「……」

「前．底層中學」這所學校要是有像兒子說的這麼虔誠的基督徒，也是一樁新鮮事吧。

過了幾週後，我在意外的場合再次見到那位長相酷似傑森．史塔森的孩子。也就是音樂社在大禮堂舉行的聖誕音樂會。

一直以來每到聖誕節，就是在教會聽著兒子之前就讀的天主教小學的聖歌隊吟唱聖歌，恭謹地迎接神聖日子到來。但這次不一樣，這所學校是在大禮堂舉行流行音樂會，演奏的曲子都是音樂社學生自己作詞作曲的原創聖誕歌曲，現場還販售演奏曲子的CD，好像是他們在社辦的錄音室錄製的。

音樂社的孩子多是那種個性比較酷，注重打扮的青少年。但這天大家卻穿著應景的聖誕圖案毛衣登臺，也就是上頭有馴鹿、聖誕老人圖案，一般稱為「ugly sweater」的毛衣。

有獨立搖滾曲風的聖誕歌曲，也有紅髮艾德風格的自彈自唱聖誕歌曲，都是些以國中生來說，創作水準算是非常高的曲子。即便曾是音樂創作者的我來看，都覺得這些孩子很有才華。

就在音樂會進入尾聲時，那個長得高瘦，眉毛淡到幾乎看不見，有張像是爬蟲類冷酷面容的少年，穿著泰迪熊圖案的聖誕風毛衣登場，穿著可愛毛衣的他看起來還是很像有著一頭金髮的傑森·史塔森。

沒拿樂器的他獨自上臺要做什麼呢？我思忖著。

「我是住在山坡上公營社區大樓的拉帕，今天要表演我所寫的聖誕歌。」

只見他冷冷地說完，看向負責音響的人員，點了點頭。
禮堂內響起事先錄製的音樂，傑森開始唱起了饒舌歌。

「老爸倒在社區門口
老媽喝得爛醉
老姊因為連不上IG而發飆
奶奶因為假牙掉落而嚇傻

鸚哥在微波爐中被烤焦
我不停切菜
老爸花光錢
老媽喝了2．99英鎊的酒而爛醉
老姊被人家流出偷拍的色情影片
奶奶迎接沒有假牙的聖誕節
大家哭著說，吃掉鸚哥也無所謂

我默默地繼續切菜」

明明是聖誕歌曲，卻滿是負面歌詞，觀眾席爆出笑聲。

我環顧四周，看到有人在竊笑，也有人一臉嫌惡地瞅著臺上，臺下的家長們明顯分為兩派。

我發現繃著臉的都是住在雜居區的人，咯咯笑的則是住在被稱為「勞工階級區」，清一色都是藍領族的街區，顯然這兩個地區現在也越來越壁壘分明。

「老姊帶新男友回來
老媽嫌鸚哥太小隻
奶奶說：我沒假牙，沒辦法吃東西
想說老爸八成去領便當了吧
我去樓下一瞧
發現他拿狗大便當枕頭，呼呼大睡」

隨著宣洩情緒的歌詞愈來愈偏激，引人發噱之外，想必在座有些家長會不滿地認為：**在學校的聖誕音樂會上，唱這是什麼歌啊？**

歌詞過於負面的聖誕饒舌歌即將結束時，背景音樂的節奏突然變慢。

「但是不一樣，明年肯定不一樣。老姊、老媽、奶奶、老爸、我、還有我的朋友們啊！明年肯定不一樣，一定是不一樣的一年。來自各國的偷兒們，讓我們團結吧！」

無眉的傑森．史塔森像朗誦詩歌般，緩緩地唱道。

我的背部頓時起了雞皮疙瘩。這句「**全球的偷兒們，團結起來吧！**（Shoplifters Of The World Unite）」，正是英國傳奇搖滾樂團史密斯的名曲。我心想：**傑森啊！你是打算挑起階級鬥爭嗎？**

只見他高舉右手畫了一圈，像中世紀貴族那樣誇張行禮，禮堂內超過半數的觀眾給予震耳欲聾的喝采聲，歡呼聲久久未歇。

讓我印象格外深刻的是，站在禮堂兩側以及最後面的教職員的模樣。無論是校長、副校長，還是班導、數學老師、體育老師，每個人都露出「**我們學校的學生真是好樣的！**」這般引以為傲的表情，給予肯定的熱烈掌聲。

雖然學校始終存在著各種問題，但就是這些老師毫不猶疑的掌聲，讓這所中學得以脫胎換骨。

音樂會結束後，我們步出禮堂時，瞧見穿著有聖誕圖案毛衣的歷史老師和物理老師，負責販售學生們錄製的聖誕歌曲CD。

「我要是再大個幾年級，就能參與錄製了吧！」

當我付錢買了一張CD時，兒子這麼說道。

雖然他也是音樂社的一員，但只能在大家都有參與表演的歌曲中，負責吉他伴奏。

「嗯，你一定能參加，加油囉！」

我邊說，邊看著印在封面上的曲目。

傑森那首風格偏激的歌曲名稱，擺在特別醒目的位置。

4

校園政治

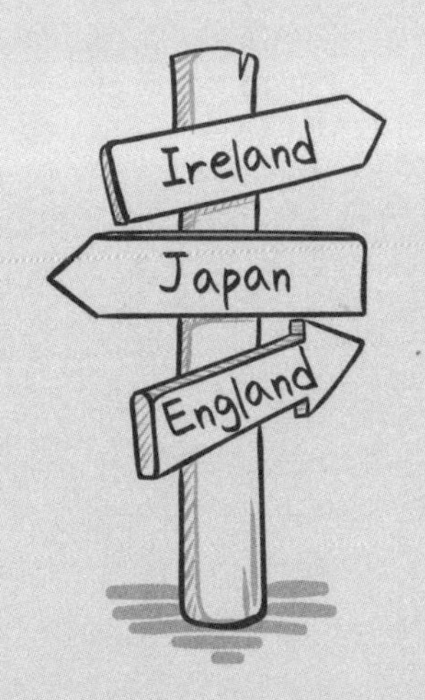

寒假結束，新學期開始。

連續幾天一早便下雨。因為我不會開車，所以兒子都是走路上學，朋友看他到校時，褲腳濕答答的，便邀他一起搭車上學。

早上要是雨勢太大，提姆的大哥就會開著聽說是偷來的車送他去學校，因為連續兩天剛好經過我家，兒子便順道搭便車。丹尼爾聽聞此事後，便力邀我兒子搭他們家的BMW，一起上學。

「上學搭提姆哥哥的車，放學再搭丹尼爾他媽媽的車，這樣是最好啦！因為提姆他哥哥送我們去學校後，就要工作到傍晚，沒辦法接我們回家。」

兒子試著說明原由。

「但我不曉得要怎麼跟丹尼爾說，因為他媽媽要接送我們上下學。可是一開始是提姆約我一起搭車，沒理由背叛他。」

兒子頗為煩惱地繼續說。

「早上搭提姆他哥哥的車，回家搭丹尼爾家的便車，這樣最合情合理，是吧？」

我試著提出解決方案說道。

「絕對不可能，他們兩個處不來，我就這樣當起了夾心餅乾。」

兒子聽到我這番話，搖搖頭反駁道。

「看來你很受歡迎嘛！」

我笑著說。

「才不是呢！是因為他們互看不順眼。」

兒子一臉認真地回道。

丹尼爾明明出身移民家庭，卻總是講些帶有種族歧視的話，我兒子起初也和他因為這種事吵架，但因為一起演出舞臺劇而變成朋友。後來我那個性認真的兒子都會提醒他注意言詞，所以最近丹尼爾收斂不少。

總之，住在被稱為「chav社區」的提姆和兒子頗要好一事，勢必讓丹尼爾很不高興。雖然丹尼爾不會當著提姆面前說什麼「你們一家都是**社會邊緣人**」、「**和你這種低下階級的人來往，一點好處也沒有**」的話，但他那帶有偏見、輕蔑的眼神，當事人不可能不知道。

不過，提姆也不是省油的燈，也會回嗆「**你這個臭王八匈牙利**

人」、「**東歐來的土包子**」這般帶有種族歧視意味的言詞。所以兩個人一碰面就針鋒相對，我兒子只能無奈嘆氣。

「這樣的確無法一起上學。」

「是啊！為什麼搞得這麼複雜呢？小學時，很多同學的爸媽都是外國人，也不會有這種麻煩事啊！」

「那是因為天主教學校的孩子雖然來自各個國家和民族，但成長環境差不多。大家都來自健全的家庭，沒有適用免費午餐制度的孩子，是吧？但你現在讀的學校，就算大家也是來自各個國家和民族，但什麼類型的孩子都有。」

「多元化不是很好嗎？學校也是這樣教我們的啊！」

「嗯。」

「那為什麼會搞得這麼複雜、麻煩啊？」

「各種類型的人聚在一起很容易吵架、發生衝突，搞出各種麻煩事。如果不是這樣，當然就輕鬆多了。」

「讓人覺得不輕鬆的東西，到底是好在哪裡？」

「因為只求輕鬆，人就會變得無知。」
聽到我的回答，兒子迸出一句。
「又是無知的問題嗎？」
因為之前他站在路邊無端遭人辱罵時，我說過做這種事的人很無知。
「雖然多元化也會複雜到讓人厭煩，但為了不讓自己變得無知，媽媽覺得未嘗不也是件好事。」
我說道。兒子露出似懂非懂的表情，大口咬著當作點心的起司。
幾天後，一早又下超大雨。
兒子接到提姆打來的電話，說要順道來接他一起上學，兒子婉拒他的好意。過了一會兒，他的手機又響起，我耳邊傳來兒子的聲音。
「沒關係，不用來接我，我爸他會開車送我去學校。」
看來是丹尼爾打來的。
「你爸昨天值大夜班，早上才回來，正在睡覺喔！」
我疑惑地說道。

「沒關係，我走路去學校。」

兒子這麼說完，隨即開門走了出去。

英國男人不撐傘的說法是真的。應該說，中學之前叫他們撐傘，還會乖乖照做，但一升上國中就會突然說：「男生撐什麼傘啊！很遜吔！」

「要撐傘啊！會淋濕哦！」

兒子無視拿著傘大喊的我，頭也不回地衝出家門。

看來現在的他正被多元化的震撼教育淋得濕透吧。

每個人都不只一種身分

某天，校長發起新春第一波，名為「Walking With Parents（與父母同行）」的活動，我想說參加看看。

活動內容就是校長帶領幾位家長於上課時間參觀校園，介紹學校的各種設施，基本上，每個學年的學生家長都能參加。從新生入學的九月開始為期半年，每個月舉行兩次這樣的活動，七年級生的家長可以優先預約。

於四年前就任的這位校長十分重視與家長交流，頻頻舉辦這類活動。

我依規定時間到校。只見校長站在校門口，逐一和每位學生握手，不只校長，一旁還站著副校長與訓導主任，還有五位老師站在後門。校長從四年前上任以來，每天早上都會這麼做，和每位學生握手，迎接他們到校上課，就是這所「前．底層中學」的辦學態度。

包括我在內，共有十位家長在校門口集合。

「歡迎、歡迎。」

校長微笑地和我們一一握手。以前打過橄欖球的他擁有結實身材，手也是又大又厚。

「我們開始參觀吧。」

校長走在最前面，領著我們參觀校園。學生站在走廊上嘻笑、聊天，將東西塞進置物櫃，眼前是上課前的忙碌景象。

我們依序參觀了禮堂、餐廳、室內游泳池、教室、美術室、舞蹈教室、音樂教室、校園。校長不時講些輕鬆笑話，回答家長們的提問，帶著大家走訪各處。

除了我以外，其他都是操著一口標準英語，屬於中產階級的白人。想想，這些子女從本地小學畢業後，直接就讀這裡的家長們應該很清楚這所學校的情形，沒必要參觀校園才是。

除非是像我這種讓孩子就讀天主教小學的家長，或是原本想讓子女就讀另一所學校，但因為招生額滿，只好讓孩子來此就讀的家長，他們因為不是住在這一區，也就不太清楚這所學校的背景。不少參加這場活動的家長都是屬於後者。

「學校會怎麼建議孩子準備GCSE（學習完中等教育課程後，全國統一舉行的學測）的應試科目呢？」

「每學期會重新審視能力分班的狀況嗎？」

家長們積極提問。

被其他家長這股勁兒嚇到的我不由得放慢腳步，只見校長突然停下腳步，等待我跟上來。

「您有什麼想問的嗎？」

校長對著我這麼問道。

「我一直很在意一件事。」

「什麼事？」

「學校網站上的教學理念是寫『促進British Value（英國的價值觀）』，可是近年來教育機關提倡的不是『British Value』，而是『European Value（歐洲的價值觀）』。關於這點，您有什麼看法呢？」

「為什麼非得要選邊站呢？」

校長聽了我的提問，直盯著我反問。

「嗯？」

「為什麼一定要選擇『British』或是『European』呢？我覺得兩者都很好啊！因為最近多是謳歌『European Value』，所以我們學校為求平衡，用的是『British』。」

校長咯咯笑地解釋道。

從他這番態度，不難想像脫歐公投前後，這樣的理念被狠批是「右翼份子」。

但我知道這理念早在脫歐公投前幾年便公諸於學校網站了，也知道網站上清楚記述「British Value」就是「民主主義、法治精神、個人自由、相互尊重、包容不同的宗教與信念」，完全沒有所謂的「右翼」思想。

想到我考取教保員資格時，「English Value」被批評是右翼思想，後來便進入使用「British」這詞的時代。

相較於「English」這詞是排除蘇格蘭、威爾斯、北威爾斯等地區，包括擁有英國籍移民的「British」這詞顯然政治正確多了。但沒想到近來「British」成了負面之詞，取而代之的是「European」這字眼。僅僅十幾年，英國人的「身分認同」可說一變再變。

「我是English、British，也是European，擁有多重身分，每一個都不是單獨的存在。如果要全都寫出來的話，那就是『English & British & European．Value』，這麼一長串也沒辦法囉！」

校長笑著說。

「這幾年硬是要選邊站的風潮越演越烈，我覺得這樣下去只會往不好的方向發展。」

校長這麼說時，有顆足球滾過來，一群少年正在校園的另一頭上體育課、踢足球。校長將球踢向跑過來撿球的少年，只見球越過他的頭頂上方，朝正在上體育課的那群學生飛去。

「哇，很厲害嘛！」

穿著運動服的少年誇讚道。

「當然囉！」

校長豎起大拇指笑著回應。

「我兒子的身分可就更是一長串了。Irish（愛爾蘭）& Japanese & British & European & Asian。」

我舉一反三地說。

「就是啊！不過仔細想想，不管是誰，應該都不只一種身分。」

校長回道。

這世上的確為了選邊站，要認同哪一個，而紛爭不休。

那群踢足球的少年也是，有的是承襲東歐血統的孩子，也有祖先是印度裔的孩子，肯定也有身為愛爾蘭人的孩子。有出身富裕家庭的孩子，也有家境貧困的孩子；有家庭健全的孩子，也有來自單親家庭的孩子。

我想之所以紛爭不休，是因為人們將其中一種身分套用在別人身上，然後挑選一個贏過別人的身分套用在自己身上而引起的。

母親的既視感

所謂「identity politics（認同政治、身分政治）」，是指重視種族、性別、性向之類的個人身分問題。

自一九八〇年代以來，反種族歧視、性別歧視、LGBT*運動等，可說十分盛行。右翼份子漠視、不關心這些問題，左派份子則是不斷向漠視這些問題的人們抗爭。

然而，爭論過於激烈的話，勢必衍生出各種問題。如同前英國首相布萊爾的這句話：「**現在每個英國人都是中產階級。**」完全忘了貧富差距、勞動問題等根深柢固的階級政治。

事實上，隨著貧富差距日益擴大，階級意識也越來越嚴重，而這樣的社會問題也反映在脫歐公投的結果。

這股時代氛圍也吹進中學教室，或許應該說，孩子們每天更赤裸裸地被迫體驗棘手的社會問題。

隨著下雨的日子減少，提姆與丹尼爾爭相接送我兒子上學的紛爭也看似平息，無奈某天兩人還是在學校起了衝突。

丹尼爾瞧見提姆的背包底部破了，課本、筆記散得一地都是，譏諷他是「窮人」，提姆也不甘示弱地回嗆「Fuckin Hanky」（蔑視出身中歐、東歐之人的髒話）。勃然大怒的丹尼爾與提姆扭打成一團，年輕的體育男老師趕緊衝上去阻止，將兩人帶至訓導室。

「我不懂為什麼提姆被罰得比較重？丹尼爾只是被罰放學後留下來自習，提姆卻要一整天被關在自習教室，而且連續一個禮拜下課後都要勞動服務。」

「因為提姆說了種族歧視的話啊！」

「可是丹尼爾也罵他是『窮人』啊！我覺得雙方都有錯，可是大家都

---

*注解：LGBT，是女同性戀者（Lesbian）、男同性戀者（Gay）、雙性戀者（Bisexual）與跨性別者（Transgender）的英文首字母縮略字。

說，出了社會後種族歧視就是一種違法的壞事。」

兒子為此感到忿忿不平。

「種族歧視固然違法，難道譏諷別人是窮人就合法嗎？這不是很怪嗎？這樣對嗎？」

他繼續說出自己的疑問。

「我認為法律不是對不對的問題，而是是為了讓這世界順利運作而制訂的東西，所以不一定正確。但要是就法律面來看的話，提姆犯的錯顯然會嚴重影響他的將來，才會罰他罰得比較重吧。」

我提出自己的看法。

「這樣根本是在訓練狗，不是嗎？」

我看著兒子那認真的眼神，突然覺得自己彷彿回到和他一樣的年紀。

「去年夏天回日本時，我們在超市遇到以前教過媽媽的老師，你還記得嗎？」

我舉例說道。

「嗯，是個女老師，對吧？」

「媽媽和你差不多大時，她是我的班導喔！』」

「那已經是四十年前的事吧。」

「嗯，不過我到現在還記得，那時媽媽的學校也發生過類似的事。」

我停止洗碗盤，用乾布擦手。

「媽媽就讀的學校附近山坡上，也有個像公營社區大樓那樣被歧視的地區，從很久以前，大家都說：『**別和住在那裡的人往來**』、『**住在那裡的人和我們不一樣**』，是個飽受大家歧視的社區。我們在超市遇到的那位女老師當時才剛大學畢業，很年輕、很可愛的她和住在那個社區的人談戀愛，甚至論及婚嫁，可是老師的家人非常反對，說什麼也不肯讓她和住在那種地方的人結婚。後來老師離家出走，嫁給那個人。」

我邊回憶著過往，邊說。

「為什麼媽媽連老師的私事都知道呢？」

「鄉下地方啊，事情一下子就傳開啦！大人們都在談論。」

「是喔！」

「某天，教室內發生爭執，有個同學嘲笑另一位同學：『**你家破破**

爛爛又是租的。』嘲笑別人的孩子他家很有錢，房子又大又新；被嘲笑的同學他家又小又舊。覺得很丟臉的他，從來不邀同學去家裡玩，也不想讓別人知道他住在哪裡，所以那個有錢人家的同學就拿這件事嘲笑他。」

「太過分了！」

「那個被嘲笑的同學氣不過，也回嗆：『**你自己還不是住在那個社區！**』那個有錢同學也住在被大家歧視的社區，兩個人便像提姆和丹尼爾那樣打起來了。」

「後來呢？」

「那位女老師趕緊跑來，阻止兩人打架。那個被嘲笑是『窮人家孩子』的同學知道自己絕對會挨罵，所以老師根本還沒說什麼，他就低著頭哭了。因為他聽大人說，老師為了和住在那社區的人結婚，不顧家人反對。」

「這下子慘了。」

「老師並沒有只罵那個被嘲笑家裡很窮的同學，而是兩個人都責罵。記得老師對他們說：『**言語也會成為一種暴力，被言語霸凌的滋味比**

被毆打更不好受，是吧？』」

「老師為什麼兩個人都罵呢？」

兒子聽到我的這番話，反問道。

「除了教導他們不可以歧視別人之外，那位老師的看法也和別人不太一樣，她認為不管什麼情形，傷害別人就是不對，所以兩個人都罵囉！」

「這才是真理啊！」

兒子感觸良深地說。

「嗯，我覺得這樣才能讓這世界運作得更順利。」

兒子從隔天開始，又有了新任務。

雖然兒子想辦法製造讓提姆和丹尼爾握手言和的機會，但無論是在學校餐廳、還是校園都進行得不太順利。不過，最近體育課踢足球時，提姆將丹尼爾助攻給他的一球順利射門得分，感覺兩人那瞬間的互動挺不錯。

「反正兩人遲早會和好囉。」

兒子老神在在地說。

「前幾天我和丹尼爾，還有其他兩位同學一起吃午餐，我把媽媽上次說的那件事告訴他們，就是說那個被老師責備的日本男生低頭哭泣的事，丹尼爾一直默默地聽呢！」

「哦，是喔。」

我回道。

兒子還不知道其實四十年前，那個和同學吵架、低頭哭泣的孩子不是男生，而是他媽媽。

5

將心比心

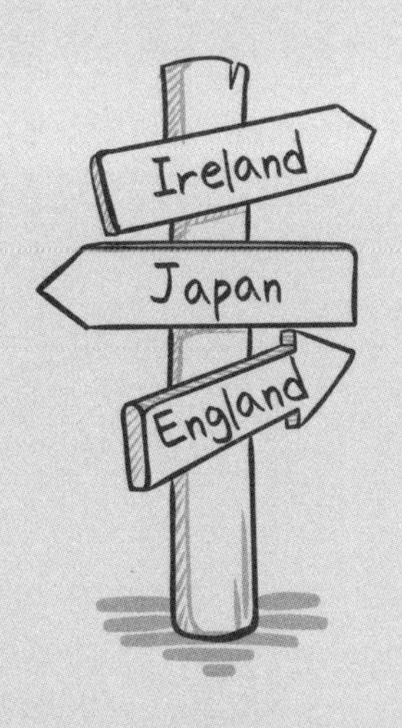

兒子的學校每學期都可以在網站下載像是通知單、進度報告等資料，也會準備紙本提供給需要的人。其中會以五等級標示每位學生的各科目學習狀況，以及學習態度。

我兒子自從入學以來，有兩科的成績十分優秀，分別是「戲劇表演」與「生活技能教育」。

從他演出學校音樂劇〈阿拉丁〉時的那股熱情，不難理解他的「戲劇表演」這一科能拿到好成績。但「生活技能教育」是在教些什麼呢？我想，除了必修科目之外，還有屬於情緒智商（EQ）範疇的科目吧。

問題是，一個人的溝通力、自律性能以分數評定嗎？

「這一科還有筆試呢！也就是所謂的公民教育。」

我好奇地詢問兒子，他這麼說。

英國的公立學校教育針對「key stage 3」（七年級生～九年級生），會安排所謂的「公民教育（citizenship education）」，像是「政治教育」、「公民教育」、「市民教育」課程。只要點進英國政府的網站，就能看到上頭明載英國各公立中學安排公民教育課程的要點。

網站上闡述施行公民教育的目的，在於「培養學生積極為社會貢獻心力的知識與技能，尤其必須讓學生清楚認知何謂民主主義與政府，並遵守法令」、「必須教導學生具有批判、探究政治與社會問題，鑑別證據真偽、辯論、提出有事實根據的主張等知識與技能」。

「key stage 3」的公民教育課程，必須學習議會制民主主義與自由的概念、政黨扮演的角色與責任、法令的本質與司法制度、公民活動、預算的重要性等。

那麼，該如何讓十一歲的孩子們，理解這些與政治有關的事項呢？

「都是出些什麼樣的考題呢？」

我好奇詢問兒子。

「超簡單的！期末考的第一題題目是『何謂同理心（empathy）？』還有『舉出小孩子擁有的三種權力』。都是類似這種感覺，輕輕鬆鬆就能拿滿分的題目。」

兒子一臉得意地說。

「不會吧！若突然問我：『**何謂同理心？**』我還答不出來呢！這是

很深奧的問題，不覺得很難嗎？你是怎麼回答的啊？」

一旁的外子插嘴問道。

「我寫『put yourself in someone's shoes』。」

兒子分享自己的答案。

「put yourself in someone's shoes」就是將心比心，試著站在別人的立場來思考的意思。「empathy」就是「共鳴」、「同理」、「移情」的意思，確實能用「put yourself in someone's shoes」這句話來表現。

「小孩子擁有的三種權利，你又是怎麼回答？」

我接著問道。

「就是『接受教育的權利』、『受到保護的權利』、『發聲的權利』。當然還有其他權利，像是玩樂的權利、不被作為牟利工具的權利，聯合國制訂的兒童權利公約都有寫到這些喔！」

兒子回應道。

雖然英國的孩子從小學便一再被教導自身擁有什麼權利，但兒子似乎是來到這所中學後，才曉得聯合國有制訂關於孩子擁有何種權利的公約。

「你喜歡上這種課嗎？」我問。

「嗯，很有趣。」兒子說。

其實我一想到每天執筆時思考的問題，竟然是國中一年級孩子正在學習的東西，心情便有些複雜。而公民教育考卷的第一道題目是「何謂同理心？」也讓我頗詫異。

「我覺得這考題不錯，非常切合時事。對目前居住在英國的人來說，不，應該是對全世界的人來說，都是個非常實際又重要的問題。」

「嗯，公民教育課的老師也這麼說。」

兒子有點誇耀似的抬高下巴，說道。

「我們要想克服世界上發生的各種棘手問題，像是脫歐、恐攻，就必須試著理解站在與自己不同立場，與自己意見相左的人，也就是『**put yourself in someone's shoes**』試著將心比心。因為老師在白板上寫了『**同理心時代**』這幾個大字，我心想，考試肯定會考這個。」

他繼續接著說。

有一個詞彙十分容易和同理心（empathy）相混淆，那就是同情

（sympathy）。清楚認識這兩個詞彙的差異，是孩子與學習英語的外國人的學習重點。

根據牛津英英辭典網站*的解釋，同情（sympathy）的意思：①**對於他人抱持憐憫的情感，理解並在意他人面對的問題。②支持、同意某個想法、理念與組織的行為。③看法相同、關注同一件事物的人們之間的友情與理解。**

另一方面，同理心（empathy）的解釋就簡單多了，只寫著：**「理解他人的情感與經驗等的能力。」**

也就是說，同情是出於「情感、行為與理解」，同理心則是一種「能力」；前者是出於一般的同情、有所共鳴，後者似乎就不是這麼回事。

我查了一下劍橋英英辭典網站*，同理心（empathy）的解釋是：**「藉由想像自己要是站在對方的立場會怎麼做，進而理解對方的情感與經驗的一種能力。」**

換句話說，同情（sympathy）是憐憫別人的立場與煩惱，對於和自己看法類似之人，懷有的一種情感，是一種不必努力，也會自然流露的行為。但同理心（empathy）不一樣，是一種想像和自己有著不同理念與信念、立場並不堪憐的人們，到底在想什麼的能力。

或許也可以說，同情（sympathy）是一種情感的狀態，同理心（empathy）則是一種知性運作吧。

脫歐派與留歐派、移民與英國人、各種階層的移民家庭、階級之分、貧富差距、高齡者與年輕族群等議題，在這各種分裂與對立情勢日益嚴重化的英國，十一歲的孩子們正在學習同理心（empathy）一事，值得特別探討。

大雪紛飛之日的校外教學

時序進入三月，偶爾會下大雪，英國就是如此。

＊注解：牛津英英辭典網站「oxfordlearnersdictionaries.com」。

＊注解：劍橋英英辭典網站「dictionary.cambridge.org」。

一下雪，英國就會有各種事物停擺。除了電車、巴士等交通工具停駛之外，因為不少車主都沒有在輪胎加上雪鏈的習慣，所以每次一積雪，就有人把車停在路邊，步行返家。尤其像布萊登市這城鎮的山坡路特別多，所以道路兩邊往往停滿不知車主是誰的車子。

托兒所、學校、大學也會停課，所以我一早就收到兒子的學校通知今天停課的簡訊。

我家位於斜坡上，四周覆著厚厚的雪，想說要是不放些飼料的話，成群飛來我家庭院的那些像是叢林鳥兒肯定會很餓，所以我一早便在後院忙著放些鳥飼料。

就在這時，友人來電。這位來自伊朗的女性友人和我曾在已關門的底層托兒所共事過，她現在是一家由街友公益組織經營的托兒所負責人。

原來是街友公益組織緊急開放辦公室與倉庫，收容露宿街頭的街友，而負責採買食物、生活用品的車子半途受困，於是組織那邊決定向附近居民籌募民生物資。一問之下，義工也嚴重不足的樣子，於是我帶著因為學校放假，賦閒在家的兒子一起過去幫忙。

腳上的長靴踩得白雪沙沙作響，我和兒子各抱著兩大袋裝著茶包、三明治用的吐司、餅乾、罐裝焗豆、洋芋片、火腿等的袋子，前往街友公益組織的辦公室。

我們一到那裡，碰巧有位年輕的男性義工開門走出來。

「謝謝你們的幫忙。」

他看到我們說道，隨即幫兒子把沈甸甸的袋子抱進去。

辦公室裡頭聚集著像我們一樣前來幫忙的附近居民、義工，大家都忙著整理、分配物資。

「謝啦！你們帶來這麼多茶包，真是太好了。巡邏隊想泡些紅茶，帶出去給需要的人暖暖身子，我們正煩惱茶包不夠呢！」

友人從廚房探出頭，大聲說。

鋪在辦公室裡的每張墊子上，或坐或躺著四位街友。兒子一副戰戰兢兢樣地向和他眼神對上的人打招呼。

「Hello——」

我照著友人說的將奶油抹在吐司上，做著火腿三明治時，瞥見兒子開門走出去，趕緊追上去。

「怎麼了？要回家嗎？媽媽還想留下來幫忙一會兒。」

我說道。兒子回頭，雙眼明顯泛著淚光。

「我知道這麼說不對，但實在受不了裡面的味道，臭到我不敢呼吸，真的很難受……」

也是因為裡頭開著暖氣的關係，確實飄著一股混著酒精味、尿騷味的刺鼻臭味。

「你要是想回去的話，就先回去吧。不過這種天氣，還是一起回去，我比較安心。」

「我可以去廚房幫忙嗎？」

兒子思忖片刻，問道。

「當然可以。」

這麼說的我帶著他走向廚房。我知道從街友面前走過時，兒子的表情有些僵硬。

我們在廚房做的三明治、泡的紅茶，不只是給暫時在辦公室和倉庫休息的街友們享用，也是為了讓在外頭巡邏，告知還在外頭流浪的街友要去哪裡避難的巡邏隊帶著。

不只這裡，像是教會、咖啡館、夜店，從昨晚開始下大雪時，便提供場地讓街友們暫時避難。巡邏隊也會將沒有棲身之所的人，帶往附近的臨時避難所。

「今年的街友特別多。因為財政緊縮的關係，地方政府也做不了什麼緊急支援，只好靠民間團體想辦法幫忙了。」

友人一邊將奶油抹在吐司上，一邊這麼說。

「財政緊縮是什麼意思？」兒子問。

「這國家的人民繳會費給政府，為什麼呢？因為人們總有生病、無法工作之類需要幫助的時候，而國家就是要在這時用大家繳的會費，幫助需要幫助的人，也就是類似互助會的方式。」

友人開始說明。

「會費就是稅，是吧？」

「沒錯！緊縮財政，是指政府並沒有將收到的稅用在人民身上。」

「這麼一來，有困難的人不就很傷腦筋嗎？」

「是啊，因為他們真的很需要救助，所以我們才會在這裡做三明治。由於互助會沒發揮功用，只能靠民眾的善心幫忙。」

「這是在做好事，對吧？」

「嗯，但也不可能一直這麼做，畢竟人心善變，不太可靠啊！所以收了稅的互助會必須善盡義務才行，這無關善心，而是一種既定機制。但現在卻因為財政緊縮，迫使這個機制停止運作，所以大家才會聚集在這裡，為街友們提供臨時避難所，巡邏隊出去看看有沒有需要幫助的人。」

兒子正從在伊朗也是從事教職的友人身上，學習公民教育這堂課。兒子上底層托兒所時也受到她不少照顧，從她那裡學到很多東西。

「It takes a village.」英國人常用這句話來形容養育孩子這件事。

意思就是「**養育孩子是一座村子的事＝孩子是全村一起養育長大的**」。所以養育我兒子的不只是父母和學校老師，還有來自周遭所有人的協助。

也許靠不住，但還是有

過了一會兒，有位身材高挑的美女走進廚房，她將看起來沉甸甸的背包咚的一聲放在桌上，微笑地向我兒子打招呼。

「Hi！好久不見。」

她是我這位伊朗友人的長女，約莫兩年前，她離家去念英格蘭中部的大學，週末才回到久違的布萊登市，但電車因為大雪而停駛，所以無法回學校的她過來幫忙。

「外頭如何？」友人問。

「有個人還坐在超市入口的屋簷下，我帶他去附近的咖啡店。他說那裡雖然有提供咖啡、麵包和茶包，但沒有火腿。」

「是喔，我們這裡有很多火腿，可以拿一些過去。」

「夜店那邊的茶包和咖啡好像不太夠。」

「我們這邊有很多咖啡包，附近居民拿了不少過來。」

「那我拿些過去吧。」

巡邏隊也負責運送物資到各臨時避難所，友人的女兒從咖啡館拿了些砂糖回來。

「要不要一起去？雖然外頭有點冷，往返要走一小時，卻是不錯的運動哦！」

她對著不曉得要做什麼，楞楞站在流理台前的我兒子說道。

「要不要跟著去？反正你待在這裡也沒事做。」

我也附和著說。

兒子從剛才就在碎念要是有手機就能玩遊戲了，可惜忘記帶出來。

「我也要去。」

兒子馬上回應。

於是他開始和友人的女兒、也是擔任巡邏隊的大學生一起準備紅茶。我將大背包遞給兒子，只見他帥氣地背起裝滿食物的包包，跟在兩位大學生身後。

多虧地方廣播電台幫忙發出這裡開放給街友避難，需要大家捐助食物與毛毯等民生物資的訊息，所以不少民眾開著四輪驅動車送來物資。接近午餐時間，堆在廚房地板上的東西已經多到沒地方站。

在這非常時刻，英國民間的機動力著實讓人瞠目結舌。

去年倫敦發生的格蘭菲塔大樓火災也是如此。這棟位於英國高級地段肯辛頓．切爾西皇家自治市的邊陲地區，住的都是低收入者的大樓發生火災，造成奪走超過七十條人命的大慘案。這棟樓高二十四層的大樓之所以發生火災，是因為建設公司偷工減料，沒有使用隔熱素材，也沒有裝設消防噴水設備，促使火勢一發不可收拾，造成莫大死傷，可說是突顯英國貧富差距有多嚴重的例子。

這場火災發生後，也是民間比政府機關率先出手援助，瞬間結集大量食品、衣服、寢具等物資，數量多到政府人員與慈善團體來不及處理，大批義工到場協助。

當地居民之間的互助精神非常重要，所以中學的公民教育課程讓孩子們瞭解公民活動的意義與種類、歷史等，也會安排實際研習課程。因此，英國的互助合作機動力，不單是出於個人的善心，也可說是紮根於教育體制的成果。

在廚房幫忙的我正忙著用免洗杯盛裝蕃茄湯時，突然傳來一聲巨響，年輕的男性義工趕緊衝去察看。

「Fuckin!」、「Bastard!」、「Wanker!」陸續傳來不堪入耳的髒話，還有男性義工的制止聲：「兩位先冷靜下來！」看來應該是街友之間起衝突。

從友人手上接過免洗杯的街友青年臉色鐵青，手抖個不停。

「只是小吵一下而已，沒事、沒事，放輕鬆。」

街友青年的友人熟練地一邊輕撫他的背，一邊安撫著說。

「等他們巡邏回來後，我覺得妳們還是趕快回去比較好，畢竟年紀較小的孩子待在這裡會覺得不太舒服。這麼窄的地方擠了這麼多人，有些人的情緒又不太穩定。」

友人對我說。

過了一會兒，兒子他們回來了。我穿上外套，和友人說聲再見，便和兒子一起步出辦公室。

「情況如何？還有人坐在路邊嗎？」

返家路上，我這麼問兒子。

「沒有，沒人坐在外頭。有些人去咖啡館和夜店避難，我幫忙倒紅茶給在夜店避難的那些人喝。」

兒子轉頭看向我。

「起初有點害怕。老實說，有些人身上有怪味，也有人好像喝醉了，眼神很茫然。」

「嗯。」

「不過他們都對我很好，可能以為我還是小學生吧。還有人對我說：『還有人對我說：『**真是個好孩子呢！真叫人佩服啊！**』」

他說完，從口袋掏出一小包糖果。感覺糖果融化過，又自然成形，包裝紙也有點舊舊的。

「我心想拿街友給的東西好嗎？一般不是都很抗拒嗎？可是……媽，這是善意吧？」

兒子遲疑的問道。

「嗯。」

「也許善意靠不住，但還是有，對吧？」

我看著開心笑著這麼說的兒子，突然想起同理心（empathy）這詞。

我發現善意和同理心有關。乍見之下，會以為善意和情感面的同情（sympathy）有關；然而對於看法相同、境遇類似的人有所共鳴時，就不需要善意。

讓人們試著努力將心比心，驅使人們有此念頭的原動力就是善意。

還有什麼類似善意的情感呢？就在我這麼思忖時——

「明天學校還會停課嗎？」

兒子開口說。

「老師們正忙著剷雪的樣子，應該不會停課吧。」

「是喔……那我得趕快寫作業了。」

不只兒子，老媽我這次也拿到一件今後必須好好思考的重要作業。

6

泳池池畔的彼端與此端

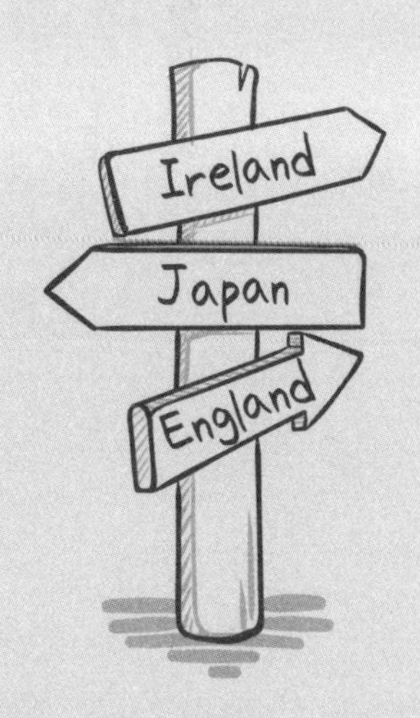

兒子參加市政府舉辦的中學游泳競賽。

雖然個頭嬌小的他並非擅長運動的孩子，所以從沒被選為馬拉松、足球之類的校隊代表，但是游泳例外。

畢竟我可是在福岡海邊長大，對於生活在家鄉那一帶的人來說，游泳和走路沒兩樣，都是不知不覺間就學會的事，所以我的孩子不可能不會游泳。而且從他還在襁褓時，我每次帶他回福岡老家探親，老爸就會親自訓練孫子（當然不能把孩子直接扔進海裡，我會發飆）。可想而知，他還沒出生，我就知道他一定會游泳。

因此之故，我兒子唯一擅長的運動就是游泳。

因為他被選上七年級生的校隊，所以我前往市民游泳池觀賽。

我登上位於二樓的觀眾席，發現幾乎坐滿，只好坐在最邊端的空位。俯瞰整座游泳池，瞧見換好泳衣的孩子陸續走到泳池邊，依每所學校的指定位置集合。

我瞧見兒子走出來，趕緊朝他揮手，他也看到我，笑著向我揮手。

這時，坐在我旁邊的金髮婦人站起來，大喊：「Jessy! Good Luck!」

從淋浴間走出來的少女看向我們這邊，豎起大拇指。

金髮婦女那粗壯手臂上有纏著鎖鍊的紅色薔薇刺青，戴著堪比半張臉大的耳環，紮了個髮髻，一身愛迪達運動服搭配白色慢跑鞋，臉上掛著好幾個閃亮亮的鼻環。

我怔怔地望著泳池，發現一件奇妙的事——泳池的這一側坐滿人，另一邊卻空蕩蕩的，可能坐在那邊的學校啦啦隊還沒來吧。

就在我正為泳池兩側的人口密度懸殊深感詫異時——

「你家孩子是念哪一所學校？」

一旁有著薔薇刺青的婦人向我搭話。我說出了兒子的校名。

「哦，是那所最近很努力的學校啊！我女兒是念W中學。」

她回應道。

直到幾年前，W中學和我兒子就讀的這所中學總是在爭校際排名的最後一名，後來我兒子念的這所學校逐漸爬升到中段排名，W中學依然穩居底層中學的寶座。

回想起兒子曾這麼說：「**聽說和那所學校的足球隊比賽，可是無**

法活著回來呢！」

「妳女兒念幾年級？」我問。

「我家女兒是九年級，每年都會參加這場大賽，雖然來過幾次，我還是很緊張。」

薔薇刺青婦人回道。

「我家兒子是七年級，今年第一次參加。……對了，為什麼這邊坐滿學生，另一邊的空位卻那麼多呢？可以讓這邊幾所學校的學生坐過去啊！」

我將自己的疑惑提出來。

「哦，因為另一邊是貴族學校的位子。」

聽到我這麼問，薔薇刺青婦人這麼回應。

「貴族學校？是指私立學校嗎？」

「是啊，這邊是公立學校，那邊是私立學校。」

聽聞，我不由得看向金髮婦人。

「意思是，公立和私立分開來坐嗎？為什麼不能一起坐？」

「問我這種事，我也不是很清楚。反正每年都是這樣，已經成了慣例吧。」

金髮婦人十分乾脆地回應。

若是這麼分開坐的話，這邊擠了一堆人，另一邊空蕩蕩的也是理所當然，因為公立學校遠比私立學校多。

雖然我寫了不少關於英國是階級社會，近來甚至連「社交種族隔離（social apartheid）」這一詞都登場了，但親眼見識到實際情況還是很令人震撼。

我環視周遭的家長們，果然只有我會在意泳池兩邊的學生人數如此懸殊。但對我來說，不管是私立還是公立，學校就是學校，不應該像是隔離似的分開兩邊坐，看來這場合已經被不尋常的價值觀與認知支配了。

看著坐在泳池這邊，穿著泳衣的學生們緊靠在一起，被迫坐得直挺挺的模樣，讓人不由得浮現「we are packed like sardines（有如沙丁魚罐頭）」這句英文描述的光景。相較之下，泳池另一邊因為空位多，所以有正在扭腰、做暖身操的學生、也有坐姿優雅地伸直腿、愉快談笑的學生。

如果說擠得活像沙丁魚的這一邊是庶民區，那麼另一邊就像是享受假期的權貴階級。這絕對不是比喻，而是因為刻意區分庶民與權貴子弟的作法，讓人覺得諷刺可笑。

突然瞥見泳池另一邊站著個身材高挑，長相酷似畢昂絲的妹妹索蘭吉的黑人少女，只見她一直瞅著我們這邊。總覺得這孩子很面熟……

雖然有此感覺，但我不可能認識什麼權貴子弟。這麼想的我於是將視線從有著成熟面貌的少女身上移開。

世上竟有如此奇妙的游泳大賽

比賽開始後，我發現更奇妙的事。

市民泳池只有六條水道，無法讓所有參賽選手同時競賽，只好依各年級、比賽項目來安排賽程，男女各兩次，共計四回合。例如：七年級男子仰式分為兩回合，女子仰式也是兩回合。

再者，共有九所學校參賽，照理說，應該一次分成五所和四所學校，或是四所和五所學校一起比賽，力求每場比賽的選手人數剛好一半才對。但這場大賽通常第一回合安排六所學校，第二回合安排三所學校競爭。這麼一來，被安排在第一回合的選手的獲勝率就比較低，這作法實在稱不上公平。

後來我才明白為何如此安排。因為安排在第一回合的六名選手都是我們這邊的孩子，第二回合的三名選手則是另一邊的私校學生。

也就是說，不只等待上場比賽的等候區劃分為泳池兩側，就連競賽也有庶民與權貴子弟的區別。

「每年都是這樣嗎？公立學校和私立學校的孩子不會安排在一起比賽？」

我好奇地問著身旁有薔薇刺青的婦人。

「嗯，每年都這樣。」

她不以為奇地回道。

「還真是分得超徹底啊！」

看到這樣的賽程安排，讓我再次體驗到英國社會的殘酷現實。

第一回合的公立學校競賽，幾乎每次都是那兩所學校奪冠，不是當地中學排行第一的公立天主教學校，就是排行第二、位於高級住宅區的某所中學。

六名選手站上起跳台，光看樣子就知道哪個是天主教學校與高級住宅區公立學校的選手，因為他們穿的是正式比賽用的泳衣，散發專業氣質。換句話說，他們從小就接受正規訓練，現在也以選手身分活躍於游泳俱樂部，並非素人。而且看他們躍入泳池的姿勢、泳姿、游了二十五公尺後折返的轉身技巧，就知道他們非常專業。

相較之下，以身旁這位金髮婦人的女兒就讀的學校選手為例，身上是暑假去海灘戲水時穿的泳衣，一看就知道不是專業選手。縱身躍入水中的姿勢也不夠俐落，看起來就是一般中學生在游泳。游泳的姿勢也不太優美，連正規的轉身技巧都不曉得，居然在準備折返時，伸手碰觸泳池邊。就這樣和第一名差了將近二十公尺才游到終點，總是敬陪末座也是理所當然。

至於三名選手參賽的第二回合，可說是勢均力敵，簡直和第一回合的比賽情況有著天壤之別。有如奧運選手般優美地躍入水中，感覺輕鬆泳個幾下便能抵達終點的優雅泳姿，以及堪比人魚的華麗轉身技巧。

如果將第一回合的公立學校，和第二回合出場的私立學校選手安排在一起比賽，的確會因為實力相差過於懸殊而比不下去。雖然用大人與小孩來形容同樣年級的國中生有點奇怪，但兩者確實不是同一個等級。

男女仰式與混合接力比賽結束後，賽程暫時告一段落，進行頒獎典禮，分別頒獎給各年級的第一名到第三名。只有計算分數時，是公、私立學校一起比拼。依照最快完成賽程的時間，依序頒發金、銀、銅牌，被叫到校名與名字的選手出列領獎。

可想而知，被廣播到的多是私立學校的校名，偶爾也有公立天主教學校、高級住宅區公立學校的選手奪得銀牌或銅牌，「前．底層中學」等一般學校的選手只能陪榜。

光是看公立學校的賽程，便曉得競賽名次簡直和學校排名一模一樣，課業優異的學校連游泳成績也很出色。

不少英國的公立學校都沒有游泳池，所以學校根本無法教授正規的游泳課程，學生只能在校外學習泳技。因為頂尖的公立學校皆位於房價昂貴的高級住宅區，家長有能力讓孩子學習各種才藝。此外，讓子女就讀天主教學校的家長們多是中產階級，亦即父母的所得高低也反映在孩子的運動能力方面。

以前是不會念書的孩子，通常運動神經不錯，勞工階級的子女要想脫貧，只能選擇當個足球員或演藝人員的時代。現在卻是父母的口袋夠深，孩子才能擁有出色的才藝。

看著殘酷現實在我面前展開，心情頓時變得陰鬱。

五十公尺自由式賽程開始，身為七年級男子選手的兒子上場。雖然從沒讓他上什麼游泳學校、游泳俱樂部，但他在游泳教室學了八年，所以基本動作、轉身技巧絕對沒問題，何況他可是住在九州福岡海邊，從事土木建築的外公一手鍛鍊出來的泳者。

什麼游泳俱樂部啊！讓你們見識一下我家這個從小就被扔進玄界灘，不畏大浪的小鬼能耐吧！就在我這麼暗忖時，兒子勇奪第一。

兒子就讀學校的學生和老師開心地跳了起來。

不過，雖然在這賽程奪冠，但私校的選手更厲害，肯定會游出更好的成績，所以兒子不可能獲獎。

因為庶民與權貴之間，矗立著一堵難以跨越的高牆。

藍領萬歲！庸俗又何妨！

總之，私立學校個個都是擁有華麗泳姿的厲害選手，公立學校顯得沒什麼看頭，但沒想到九年級男子五十公尺自由式比賽卻改寫局勢。

公立學校賽程的起跳台上，出現一位穿著圖案華麗的海灘褲的選手，佩戴全黑泳鏡的他活像戴著墨鏡、在海灘做日光浴的大哥。

雖然少年的模樣和比賽氛圍格格不入，速度卻超級快，儘管他的泳姿不夠優美，速度卻快如子彈，展現十足的爆發力與速度感。暫居第二的選手才剛轉身，他已經快游完五十公尺。

「GO！GO！傑克！」

手臂上有薔薇刺青的金髮婦人站了起來，高聲加油。

我環視場內，發現觀眾席上有不少歐巴桑、歐吉桑像她一樣站起來，大聲為少年加油。

子彈少年游抵終點時，只見金髮婦人失心瘋似的「哇啊啊啊啊」大叫，高舉雙手，興奮地跳起來。

「那孩子是我們學校的喔！我們學校的英雄！」

金髮婦人興奮地說。

「他的速度超快，比私校選手還快呢！」

「當然啦！那孩子念小學時就被挖掘了，教練還免費教導他呢！教練要帶著他征服全國各大賽。」

金髮婦人像在誇耀自己孩子似的說。

要是有專屬教練培訓的話，應該會穿正式比賽用的泳褲，而不是穿那種有著椰子樹圖案的海灘褲出賽吧。還是他故意穿成那樣？或許他覺得只是地方中學的泳賽，不必太認真看待吧。就在我這麼思忖時，賽事再次暫時告一段落，準備進行頒獎典禮。

從五十公尺蛙式開始頒獎，公布五十公尺自由式的成績時，我兒子居然榮獲七年級男子組第三名，也是他們學校拿到的第一面獎牌。

泳池這邊的觀眾席剎時歡聲雷動，兒子有點難為情地戰戰兢兢出列，接過獎牌，其他公立學校的選手和老師也紛紛為他鼓掌。

終於輪到九年級男子五十公尺自由式的頒獎典禮。穿著競賽用緊身泳褲的私校選手依序上前領取銅牌、銀牌，然後露出「理所當然」似的表情走回泳池另一邊。緊接著廣播奪冠選手的校名與名字時，我身旁的金髮婦人、坐在觀眾席上的學校相關人員、同校學生和老師們響起震耳欲聾的歡呼聲。穿著海灘褲的選手出列領獎，只見手持獎牌的他高舉雙手，用力握拳，朝觀眾席拋了好幾次飛吻。

坐在觀眾席上同校學生的母親們群起騷動，口哨聲此起彼落，還有人亢奮大喊：「傑克——！」

原本平順進行的頒獎典禮瞬間活像小賈斯汀的演唱會，只能說少年的渲染力實在太強，不僅讓學校相關人員振奮不已，也鼓舞了坐在泳池這一側的學生們。

與其說是出於愛校心，不如說是對於階級意識的一種反彈吧。藍領萬歲！庸俗又何妨！英國的勞工階級普遍存著這般心態，而這股傲慢心態源自於他們的自尊。

照理說，這位穿海灘褲奪冠的少年不該在正式比賽的頒獎典禮上做出飛吻之類的輕佻動作；但公立學校的孩子很難贏得了私校孩子是事實，公立學校的學生只能像沙丁魚一樣擠在一起也是不爭的事實，而他的飛吻瞬間打破了這一切，泳池這邊的青少年們也回以如雷掌聲。

庶民與權貴子弟，我的腦中浮現99%與1%這兩個數字。正確來說，應該是泳池將六所學校和三所學校區隔開來。

我邊思索邊環顧場內，冷不防瞧見那位長相酷似索蘭吉的少女又望著我們這邊。

我瞧見兒子走出來，正要對他說：「你好厲害喔！」瞥見那位酷似索蘭吉的黑人少女穿著名門私校的制服走出來。

有位氣質高雅，一看就知道是中產階級的金髮中年婦人朝她揮手，喊道：「蕾哈娜！」

少女微笑地走向金髮婦人，兩人搭肩一起走向停車場。

「蕾哈娜」這名字一直烙印在我的腦海中。

因為這名字令人懷念。以前我在底層托兒所工作時，有個女孩就叫這名字，她的母親是白人，父親是黑人。她出生在母親涉嫌棄養孩子、社福團體介入關懷的單親家庭。拚死不讓市府社福人員帶走蕾哈娜的母親比剛才那位金髮婦人要年輕多了，而且是一頭棕髮，臉上有被丈夫家暴的傷疤。我跳槽到私立托兒所之後，便沒再見過這對母女。

底層托兒所的蕾哈娜應該差不多是她這年紀。何況有能力讓子女就讀私立名門女校的家長，會給孩子取「蕾哈娜」這種偶像明星的名字嗎？

我腦中盤旋著各種思緒。

「媽！」

兒子碰了一下我的手肘，他一臉得意地高舉掛在脖子上的銅牌。

「校長叫我明天帶這個去學校。」

「為什麼？」

「說是要借掛在校長室一陣子，他好像很高興呢！」

這麼說的兒子挺起掛著獎牌的胸膛往前走，我趕緊跟上。

停車場的閘門突然開啟，我們停下腳步。駛出停車場的車子駕駛座坐著金髮婦人，那位叫蕾哈娜的少女像優美的鳥兒般偏著長脖子，坐在副駕駛座上。

白色奧迪在又濕又冷的下雨天緩緩駛過我們面前，隨即加速消失在馬路彼端。

7
制服搖擺

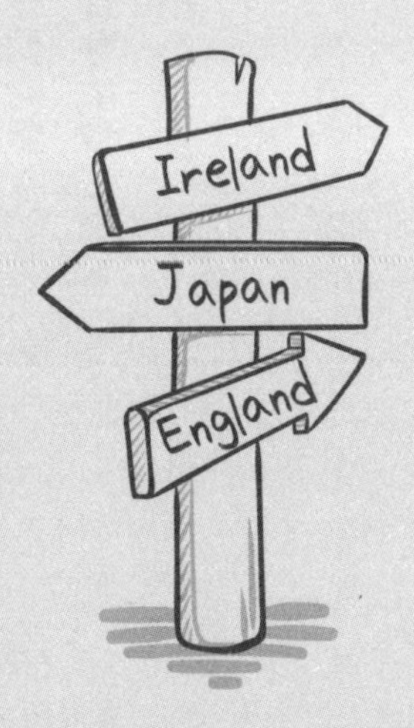

兒子就讀這所中學後，我就急著想當義工媽媽。

英國的公立小學說是由家長會、義工媽媽們撐起來的也不為過。尤其二〇一〇年執政的保守黨推行惡名昭彰的財政緊縮政策後，每年的教育預算都被大砍特砍，在教職員人數持續減少的情況下，要是沒有家長們的協助，公立小學根本營運不下去。舉凡遠足、游泳課、各種球類大賽等，當一大群孩子要進行校外活動，或是學校舉行大型活動時，家長會就必須動員起來。

但孩子上了中學後，可以自行去任何地方，所以只要有師長負責帶隊、監控管理就行了，所以比較不需要什麼義工媽媽陪伴。

但唯獨音樂社不一樣，必須要有會演奏樂器的家長從旁協助。倒不是要家長們協助教學，主要是做些幫忙清潔、保養樂器的工作。

一想到能和兒子身處同一處校園就覺得很開心，何況還是我很喜歡的音樂社團。雖然我想報名擔任義工媽媽，但看到報名踴躍，候補名單一長串；再者，聽說有那種九〇年代出過專輯，曾是樂團一員的家長報名（現在是上班族），不然就是當地知名樂器行的老闆，盡是些專業人士，我這門外漢只好打消念頭。

不過，我倒是參加了由女老師與家長們組成的回收二手制服團隊，也就是向家長們收購二手制服。以一件大概五十、一百日圓收購，但捐贈、收購來的制服難免有綻線、破損等問題，需要有人幫忙縫補。

外子因為個頭不高，所以我常常要幫他修改牛仔褲、休閒褲的長度，雖然也能手工修改，但我覺得用縫紉機省事多了。他還真的去二手家具店搬了一台回來，雖說有點老舊，卻是工廠專用等級的縫紉機，不管是縫補質地厚一點，還是針織質料都沒問題，縫補運動服、POLO衫的暗針縫法也能輕鬆搞定。

因此，我以家裡有縫紉機為由報名義工媽媽，順利成為回收二手制服隊的一員，帶了一大堆二手制服回家縫補。

其實平常的數量並沒那麼多，只是碰巧開始當義工媽媽的這一週，遇上學校正在處分失物。當用黑色垃圾袋塞得滿滿的一大包丟棄在回收箱沒人要的制服送到我家時，我傻眼了。

「不會吧……這些都是要縫補的嗎？」

我瞠目問道。

「有空的時候多少縫補一些就行了，畢竟太多了。」

開車送衣服來的女老師說。

身為兒子的理化老師，家長會談時曾見過的這位女老師感覺十分坦率，乍看不太像老師。留著一頭帶有紫色挑染的棕髮，學生們給她取了個綽號「紫色女士」。

因為紫色女士要告訴我該怎麼縫補，於是我去廚房泡了紅茶，回到客廳。

「真是的！我已經當了三十幾年的中學老師，柴契爾掌政時代的情況也沒那麼糟。」

坐在沙發上的紫色女士這麼說，啜了一口紅茶。

「有很多學生連制服都買不起呢！之所以成立這個回收團隊，是因為看到有孩子穿著不合身、濕答答的制服上學，那已經是五、六年前的事了。現在還是看得到那種買不起合身的制服，或是因為僅有一件制服，只好穿著洗了卻還沒乾的制服來上學的孩子，真的很誇張。」

之前工黨執政時，誓言要讓英國孩童脫貧，大家都笑說這種事怎麼可能。事實證明一九九八年～一九九九年，貧困階層的孩子人數高達三百四十萬人；二〇一〇年～二〇一一年度，減少到二百三十萬人；進入千禧時代後，更是每年逐漸減少。

然而，二〇一〇年奪回政權的保守黨開始施行大規模財政緊縮政策，大幅刪減預算的結果，貧困階層成了首當其衝的受害者。二〇一六年～二〇一七年，出身低收入戶家庭的孩子人數暴增到四百一十萬人，約佔英國孩童總人口數的三分之一。

「小小孩會坦白說：『**我家沒錢幫我買制服。**』但好面子的國中生就會拚命隱瞞，所以我會偷偷買POLO衫給那種穿著衣服小到露出肚臍的孩子，或是塞錢給每天穿著裙子小到連拉鍊都拉不起來的孩子。老師們都會自動自發這麼做，但我們也沒那麼多錢一直做下去，所以才想到回收這方法。」

「原來如此啊！」

「其實不只制服，也有女老師自掏腰包，買一大堆生理用品給女學生。也有孩子因為沒有便服，所以只要是可以穿便服參加的學校活動，他們就會請假。我們也會去超市買襯衫、牛仔褲給他們。」

「中學老師居然連這種事也……」

「我們學校有很多低收入戶的孩子，所以政府會給一筆數目不小的『兒童特別補助』。現在的校長努力提昇學校的學習風氣，所以將這筆錢用於教育方面。譬如，跟不上課堂進度的孩子，採小班制特別補課。其他學校都在增加班級人數的情況下，我們學校卻減少每班人數的策略也很成功。這筆補助款也用在提昇話劇、音樂、街舞社的水準，但光靠這筆補助款還是不夠。」

紫色女士看我很詫異，又開口解釋道。

二〇一一年實施的「貧苦學童教育補助」對象，是指過去六年來享有免費午餐，年齡不超過十六歲的孩子。每人每年補助九百三十五～一千九百英鎊的補助，且每年必須提出成果報告。

「現在已經不是學校預算只用在教學與社團活動的時代了，位於貧困地區的學校，必須連孩子們最基本的食衣住方面都得照顧。」

學校的福利措施

「我們學校會從『貧苦學童教育補助』的款項，抽一部分作為『學生急難救助金』，用於幫助發生緊急狀況的學生和家庭。三年前有個當時就讀十年級的學生因為車禍意外身亡，學校便用這筆款項墊付他的喪葬費，因為那孩子的家人連喪葬費都拿不出來。任誰都沒想到那麼年輕的生命會突然走掉，所以也沒準備這種費用。家長本來想向朋友、鄰居借錢，無奈大家的經濟都很拮据……所以便由學校撥這筆預算代付。」

紫色女士用姆指摩擦盛著紅茶的馬克杯把手，說道。

「做到這地步已經不是單純的學校，還兼負其他功能。」

「自從政府緊縮財政後，一直都是這樣。位於貧困地區的學校都在做同樣的事，我那些同樣從事教職的朋友聚在一起時，也會聊這種事。因為保守黨刪減教育預算，我們的薪資跟著凍漲，卻還要自掏腰包更多錢，只能發發牢騷了。」

紫色女士聽到我這番話，頷首說道。

「真是不合理啊！」

「聽到孩子說昨天晚餐只吃了一片吐司，妳會怎麼辦？說自己肚子痛的孩子其實是餓到受不了，妳會怎麼辦？看到沒錢買午餐，午休時間只能獨自坐在校園角落發呆的孩子，妳會怎麼辦？任職我們這類公立學校的老師，每個禮拜至少要自掏腰包十英鎊救濟這些孩子。提昇全體學生的課業成績、讓學校在公立學校的排名晉升固然重要，但還是有很多孩子連基本生活都成問題啊！連飯都吃不飽，哪能顧得上其他事。」

在這所學校任職很久的紫色女士，似乎不滿現任校長的教學方針。她認為補助款不該用在教育與課外活動，應該用來救濟貧困孩子與需要幫助的家庭。

教育機關必須兼任市府社會福利課的工作，這一點實在很奇怪。政治評論家常會提到「小政府」這字眼，就是因為政府發揮的功用有限，才會導致「**你要是同情弱勢，就請自掏腰包；要是不想掏錢，那就當作沒看到，一輩子抱著罪惡感活下去**」這樣的情形，百姓居然要承擔政府應該擔負的社會福利。

看著貧困家庭孩子的實際生活情況，老師們當然會認為不再讓他們餓肚子才是最重要的事。「前．底層中學」這所學校，或許以前的教學方針就是致力於解決這些事，而非教育優先吧。

「我們當然也想專心教育孩子們，提昇他們的學業成績，希望他們出人頭地、擺脫貧窮。問題是，他們連基本生活都成問題，要是社會福利課無法伸出援手，那就只能由學校來做了。」

紫色女士說。

「我發現自從中產階級的人，購買這一帶的公營住宅成為住戶之後，校長便致力提昇學校名聲，貧困家庭的孩子也因此被逼至角落。對於這些孩子來說，處境比以往更艱難，比起周遭都是和自己一樣窮困的人，只有自己特別貧困更叫人難受。好比肚子餓時，還可以向其他一樣可憐的孩子訴苦，但要是只有自己連飯都吃不飽，那就說不出口了。」

「沒錯。」

我點點頭回應，因為我非常瞭解這種感覺。

曾就讀被稱為明星高中的我，也有過類似經驗。我國中念的是老家當地的三流中學，周遭多是家境很差的同學，但上了高中後，我就不在同學面前提家裡的事。就算窮到午餐只能買一個麵包充飢，我也謊稱自己「正在減肥」，小心翼翼地別讓自己成為破壞愉快午休時間的陰沈鬼。如果向朋友坦白，他們一定會借我錢，或是分些餐食給我吧。但我實在說不出口，死都不願說出口。

自從我接下縫補制服的任務後，不只紫色女士，也會從其他女老師，或是以前也曾幫忙修補制服的義工媽媽口中聽聞類似的事。

有些老師會買定期車票給住得比較遠、沒錢搭公車來上學的孩子。不然就是老師去問題學生的家裡拜訪時，赫然發現學生家裡沒半點食物，趕快去超市買些東西送去。老師們還會湊錢買床墊給沒有自己的床，只能睡沙發的學生。老師還為要找工作的移民母親們，舉辦教寫履歷表的講座。老師還會幫移民家庭寫信和移民局溝通、打電話抗議等。

位於貧困地區某所中學的老師們，現在就做著這些工作。

這國家的財政緊縮政策，就是讓教育者承擔社會福利工作。

因為你是我的朋友

贊同紫色女士看法的女老師與義工媽媽們，發起的回收二手制服活動，並非以一件五十、一百日圓販售為目的，而是「要是知道有哪個孩子需要，直接送也沒關係」。

我率先想到兒子的朋友提姆，想起和兒子一起放學回家的他，身上穿的那件運動服已經舊到褪色，褲腳也摩擦到有些破爛。

「媽，我可以買妳修補的制服嗎？」

週末我正在修補二手制服時，兒子問我。

「咦？你的制服不是都有兩套嗎？哪裡有需要縫補的，拿來給我一起弄就行了。」

「不是我啦！是想給朋友……」

「……提姆嗎？」

只見八成也是在想著同一件事的兒子搖搖頭。

「他的運動服的手肘部分都快磨破了，而且是他哥穿過的，所以袖子太長了，常常因此被別人取笑的他很生氣。」

兒子這麼解釋道。

「就是有愛拿這種事取笑別人的傢伙。」

「提姆要是再打架、鬧事的話，搞不好會被停學。」

兒子一派身為班長，有所使命感的口吻（他被推舉為班長）。

「你從袋子裡找尺寸小一點的給他吧。那些我都修補好了，拿兩件給他也沒關係，還有褲子。」

聽到我這麼說，他開始打開排放在客廳的黑色垃圾袋，從裡頭物色適合的二手制服，卻又突然停下來，回頭看向我。

「可是要怎麼拿給他比較好？」他問。

「欸？」

「拿到學校給他，不太好吧。」

「也對喔！」

兒子之所以有此顧慮，是因為他知道提姆十分在意周遭人的目光。

「還是趁你們一起回家時，拿給他呢？」

「這麼做不是很刻意嗎？重點是要以什麼理由拿給他？」

兒子聽到我的提議，回道。

「…………」

這種事的確很傷腦筋。就像高中時的我，死也不想讓別人知道我很窮，提姆也是，肯定會不高興，搞不好還會傷了他的自尊心。

以前我在孩子幾乎都是來自貧窮家庭的托兒所工作時，因為這所托兒所是由幫助低收入戶與失業者的社福機構開設，所以任何捐贈行為都很理所當然，彼此不需要顧慮什麼，也不覺得羞恥。

然而，貧困者相互扶持的圈子也是個封閉、特殊的世界。一旦踏出這圈子一步，想要援助需要幫助的人，竟成了如此棘手的事。

「放學後，帶他來我們家吧。」

我之所以這麼提議，是想說在提姆面前一邊踩縫紉機，對他說：「哦，這件剛好是提姆的尺寸吔。你要不要順便拿走啊？」又很擔心這麼做會不會弄巧成拙。

不然就是告訴他：「你挑自己喜歡的帶回去吧！」要他自己在袋子

裡頭翻找，卻只有適合他的尺寸是縫補好的，這麼做好像也很怪。

就在我左思右想之際，週一很快就到來。

兒子準備帶著提姆來到家裡。總之，開始工作吧！

就在我坐在擺著一袋袋二手制服的客廳，踩著縫紉機，等待他們回來時，和兒子一起走進來的提姆瞧見那堆制服山。

「這是什麼？」

「我媽幫忙修補回收來的二手制服。就是紫色女士發起的那項活動啊！請大家拿出家裡不要的制服，前陣子不是有發傳單。」

「是喔！」

坐在沙發上玩遊戲的兩人玩得入迷，我端了果汁和點心給他們，繼續縫補作業，突然提姆的哥哥來電，要他馬上回去。原來是提姆的阿姨託他們照顧還在念小學的表弟，提姆的母親因為要出門工作，所以叫他回去幫忙照顧表弟。

「我那對雙胞胎表弟超頑皮，我哥受不了他們，所以我還是趕緊回去比較好。」

這麼說的提姆從沙發上站起來。

因為沒想到他那麼快就離開，還沒把制服拿給他的我有些焦慮，似乎也在想同一件事的兒子看向我，擺在縫紉機旁邊的紙袋裝著要給提姆的制服。

「哦，這不是提姆的尺寸嗎？」

我冷不防開口說，之前事先擬定的各種策略完全沒派上用場。

「媽，那個。」

我趕緊將紙袋遞給兒子，提著紙袋的他追上走向玄關的提姆。

「提姆，這給你。」

兒子將紙袋遞給他。

「這是什麼？」

提姆接過紙袋，拿出制服。

「我媽弄好的，剛好有適合我們的尺寸，她就先幫忙預留起來。你拿去吧。」

提姆目不轉睛地看著我兒子。

「真的可以給我嗎？」

「當然。」

「那我再拿錢給你，不然紫色女士會發飆吧。」

聽到提姆這麼說，我趕緊插嘴。

「沒關係啦！反正制服多得很，也沒人會數有多少件，況且要是我覺得沒辦法縫補的制服，也會直接丟了，所以你儘管拿去吧。」

提姆露出半信半疑的眼神，瞥了我一眼。

「可是……為什麼要給我呢？」

提姆睜著大大的綠色眼瞳看著兒子，問道。

明明被問的人是兒子，我卻像被提姆那雙眼睛看穿似的不知所措。

「因為我們是朋友，你是我的朋友啊！」

兒子當所當然地回道。

「謝啦！」

提姆低頭道謝，將制服塞回紙袋，和兒子擊掌後，步出玄關。

「Bye！」

「Bye！明天學校見囉！」

我們站在玄關旁的窗邊，看著一頭銀髮、個頭嬌小的少年搖晃著手上的紙袋，沿著坡道走向位於丘陵地的公營住宅大樓。

驀然瞧見提姆走到一半停了下來，用右手掌拭了一下雙眼。就在他又做了一次這個動作時——

「提姆和媽媽一樣有花粉症呢！天氣好的時候，很不舒服。」

兒子喃喃自語。

「嗯，今天空氣中的花粉特別多，應該是今年最嚴重的一天吧。」

兒子一直站在窗邊，目送著友人那愈來愈小的身影。

提姆手上晃著的日本福砂屋蜂蜜蛋糕黃色紙袋，在初夏強烈陽光的反射下閃閃發光。

8

民粹主義能和「酷」字劃上等號嗎？

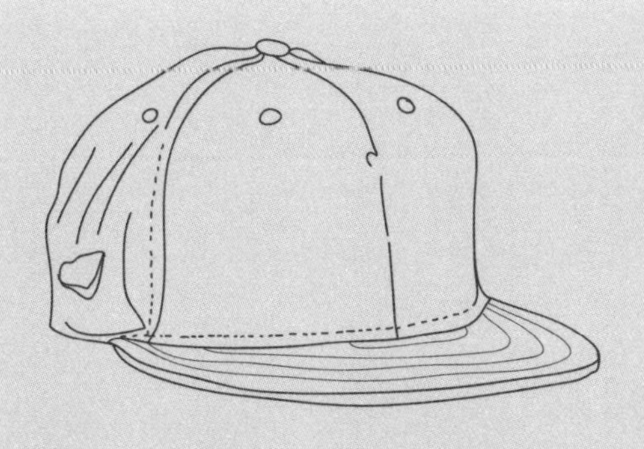

兒子得知我每個月持續不輟書寫的稿子名為《我是黃，也是白，還帶著一點藍》時，先是猛發牢騷：**「不要亂寫別人的事啦！」**、**「要付我版稅喔！」**卻又突然一臉認真地說：**「我覺得應該改成『我是chinky（諷刺亞洲人的眼睛小），也是白，還帶著一點藍』才對吧！」**

走在英國的街上，有人對我飆罵帶有種族歧視的字眼時，不會鎖定我是「日本人」而加以嘲諷。倒是偶爾會遇到有人對我說：「妳是日本人吧？」，或是用日文的「你好」向我打招呼，挺納悶他們怎麼會知道我是日本人。

與其說他們會對我做出什麼種族歧視的言行，不如說他們去過日本、喜歡日本的動畫和漫畫，對日本文化很感興趣，我也確實遇過不少對於日本女性特別感興趣的老外，可說是相當瞭解日本的英國人。

喜歡日本文化的人，大多住在倫敦，我曾在攝政街遇到高喊：「I love Japanese girl」的歐吉桑。

但走在布萊登市這種小地方的街上，別人不會一眼就說我是「日本人」，通常會被說是中國人，偶爾也會投來「韓國人」、「菲律賓人」之類的變化球。這就像日本人看到白人、黑人、中東人，也分辨不出「這個人是丹麥人」、「這個人來自塞內加爾」、「他是伊朗人」的道理是一樣的。對英國人來說，東方人就是一個群體，然後用「chinky」、「chink」之類歧視的字眼稱呼這群體。

「嘲諷別人是『chinky』或是『chink』時，通常以為對方是中國人。」

兒子如此說道。

「上公民教育課時，老師在講種族歧視問題，他說『chink』是歧視中國人的輕蔑之詞。我舉手發言：**『可是我媽媽是日本人，別人也用這詞嘲諷她。』**」

「哈哈哈哈！」

我無奈地笑。

的確如此，我兒子從小就看著我被種族歧視。

「我最近也被罵『fuckin chink』。」

可能是察覺我的笑聲帶點苦澀吧，兒子體貼地補上這一句。

小時候的他長得比較像爸爸，但越長大越像我（應該說，長得像我妹），走在路上被視為東方人的機會也增多。

「除了『chinky』之外，課堂上還學過『paki』之類其他的歧視字眼嗎？」

我好奇詢問。

「嗯，老師要我們討論這些歧視字眼的意思，還有為什麼不能這麼嘲諷別人。」

說到這個，讓我突然想起一件事，那是我遷居英國第二年時的事。

那時我任職於一家日本報社派駐倫敦的事務所，有一位助理記者是英國青年，他住過日本，出國旅行經驗豐富，我和個性爽朗的他很投契。沒想到某天，我們因為看法歧異而起口角。

派駐英國不久的日本記者對這位助理記者提出疑問。

「『paki』是什麼意思？帶有歧視意味嗎？」

「雖然『paki』是『pakistan（巴基斯坦人）』的簡稱，其實不單指巴基斯坦人，也泛指出身印度、孟加拉等南亞諸國的人，以及外貌相近的中東人。」

助理記者到此的說法都還好。

「這和『nigger（黑鬼）』這個歧視字眼是不一樣的，英國人稱對方『paki』是帶有親密感。」

「蛤？」

一旁忙著剪下各報紙社論的我不由得驚呼，隨即提出反駁。

「才不是呢！你這說法太武斷了。」

「我的說法不武斷啊！譬如，我家附近有一間巴基斯坦人經營的雜貨店，我們都說是『paki shop』，並沒有歧視的意思，就是常常去買東西，和店員變得很熟，是很有親切感的一間店。」

我看著露出爽朗笑容這麼說的他，心想：**也難怪啦！他的室友都是畢業於牛津、劍橋的菁英份子**。眼底彷彿清楚浮現這些年輕人一邊喝酒，一邊談笑，習慣性地脫口而出「paki」這字眼。

「可是『paki』這詞，原本是小報用來嘲諷殖民地出身的移民啊！」

「那是六〇年代的事，已經是很久以前的了。詞彙用法會隨著時代改變。」

不對、不對，對你們那種層級的人來說，時代也許是依音速前進，但在社會底層，這詞的意思還是和六〇年代一樣，並未改變。這麼想的我後來在茶水間，偷偷告訴新來的日本記者。

「和別人談話時，千萬別用『paki』這字眼，寫報導時也要避免。」

過了幾年後，我告別倫敦的上班族生活，舉家遷居布萊登市。不久，我家附近發生一起雜貨店的印度裔老闆遭青少年刺殺事件，之前雜貨店的玻璃窗也屢次遭人用噴漆寫上「paki shop」。我每次看到玻璃窗上的塗鴉，就會想起那位年輕的助理記者。

想想，那已經是二十年前的事。在因為脫歐而衍生出來的政治正確、社會分裂等問題席捲世間的現在，他又會如何解讀「paki」這詞呢？

意外惱人的「中國」問題

我兒子今年十一歲，去年九月升國中。

我想每個國家的孩子都一樣吧，孩子們一升上國中就會突然想做些事。比方說，和三五好友一起逛街。

我兒子身形瘦小，有張娃娃臉，怎麼看都不到十歲的樣子，所以很擔心他和朋友出去，可能會被警察關心是不是離家出走或是被棄養的孩子。

「沒那麼嚴重吧！他的朋友們都長得人高馬大又臭老，你兒子就像跟著他們的小弟弟，我覺得應該沒問題啦！」

外子卻不以為然地說道，我就這樣被說服了。

這陣子一到週末，兒子就和朋友一起去看電影、去海邊戲水，但因為上學穿的黑色球鞋不合腳，母子倆久違地一起逛街、買新鞋。

穿著黑色運動外套，一副時下年輕人裝扮的兒子一走進店裡，便趕緊連上免費網路，開始滑手機。

「你也太離譜了吧！」

我開口罵道。

「糟了，媽，我們出去吧！」

只見兒子突然拉上連衣帽，遮住臉，低頭快走。

「怎麼了？」

「我們班的女生在二樓，其中一個將她們剛剛買東西的照片，上傳到自己的ＩＧ。」

「這樣沒什麼不好啊！」

「不行啦！要是被她們看到我和媽一起逛街買東西會被笑的啦！」

兒子說完，快步走到店外。

不知不覺間，他也到了會說這種話的年紀啦！我一邊思忖著，一邊快步追上去。

後來兒子給我看了照片，看起來就是這年紀的女孩子，三個人噘起嘴，張著大眼，站在泳衣賣場的角落，看著斜上方的鏡頭自拍。

想起很久以前我在大賣場找尋合適的泳衣尺寸時，獨自亂跑的兒子因為找不到我而大哭，結果被身高將近兩公尺，長相兇惡的黑人警衛扛在肩上，找尋我的身影。

「媽媽！媽媽！」

兒子看到我，興奮地喊著，手不斷地拍打警衛的頭。

「喂，小朋友，別亂打啦！」

警衛蹙眉，笑著將他帶到我身旁。

明明是那麼小、那麼可愛的生物，不知不覺間變成拉起連衣帽，羞於和母親一起逛街的小屁孩，這世間還真是無情啊！我邊這麼想，邊往前走，餘光瞥見有個流浪漢坐在銀行提款機旁邊。

「你好！你好！你好！你好！」

肩上披著毛毯的流浪漢瞅著我和兒子，笑嘻嘻地連說了好幾次。

趕緊別過臉的我決定當作沒看見，從他面前走過。**大白天就嗑藥嗎？他的眼神看起來頗渙散，就算是流浪漢，這行為也太失禮了。**讓人實在對他心生不了絲毫憐憫之情。

「我們又不是中國人。」

兒子說道。

「這不是重點吧。」

「好久沒聽到這句話了。」

兒子喃喃自語。

「你好，你好？」

「嗯，和朋友出去時，從沒被說過。」

我突然想到一件事，莫非……那個開始了嗎？

曾聽嫁到英國、另一半是歐洲人的日本媽媽們提過這樣的切身經驗：**「孩子一到青春期，就會刻意疏遠身為日本人的爸爸或媽媽。」**以前我在倫敦的日商工作時，也常聽到同樣是日本人的女同事們說過這種事。

有些孩子會隱瞞母親是日本人，甚至有母親被孩子說：「**妳的英文說得不太標準，讓我覺得很丟臉，所以妳別在別人面前講英文啦！**」

我們家也要面臨這種情形了嗎？我不由得看向兒子。

「關於剛才那件事，我有兩個看法。第一，我和朋友在一起時，我看起來不像東方人，可能以為我是拉丁裔吧。但是和媽媽在一起時，因為我們是母子，所以我看起來像東方人。」

他繼續對於剛剛的事件提出看法。

「嗯。」

因為兒子說得有條有理，我不由得頷首。

「第二個看法是，不管我是和朋友還是和媽媽在一起，我看起來都像東方人，但因為我們是一群男生，有些同學長得很高大，所以要是對我們說了什麼失禮的話，可能會被揍，因此不敢對我說什麼歧視的話。也就是說，我和媽媽走在一起時，之所以被那麼對待，是因為女人和小孩容易被欺負。如果是兩個東方成年男子走在一起，那個流浪漢還敢那麼說嗎？」

「肯定不敢吧。」

移民與英國人、男與女、大人與小孩。就在我暗暗佩服兒子居然能逐一剖析時，他又提出另一個論點。

「其實我還有第三個想法。『你好』這句話相當於英文的『哈囉』，是吧？所以他想說用中文向中國人打招呼，主動表達善意，也許能討到錢，才會對我們連說了好幾句『你好』。」

「是喔？我倒是沒想到。」

不由得抬高音量的我，提出不一樣的看法。

「我覺得應該不是，因為他的笑容讓人家覺得很不舒服，感受不到善意。」

「公民教育課的老師告訴我們，要試著思考各種可能性，不要急著下結論是很重要的事，也是培養同理心的第一步。」

「…………」

「對了，我一直記得一件事。」

這麼說的兒子抬頭看著我，他那溫柔雙眼瞇得像彎月。

「以前有人對我們說『你好』時，媽媽非常生氣地說：『**我是日本人！**』還手扠腰，不停用日語數落對方。雖然路過行人紛紛停下腳步，笑著看我們，我卻覺得好酷喔！」

「有這種事啊？看來我那時應該非常生氣吧。」

「能讓別人覺得好笑，也蠻好的。媽媽最好別忘記那種感覺喔！」

「…………」

自己居然被十一歲的孩子說教……。這麼想的我和兒子並肩走在午後的街上，打算去搭公車。

世足賽與宮城先生

自從脫歐公投以來，N-word（也就是「nigger．黑鬼」之類帶有種族歧視意味的字眼，亦即民粹主義）在英國成了最危險的議題。左派一味否定到底，右派則是狂熱推崇。

在這極度分裂時期舉行世足賽，無疑是一大冒險之事；然而賽事開始後，一切擔憂似乎都多餘了。

就連「衛報」這種左派報紙也拋卻一貫作風，沒在寫什麼「民族主義是萬惡的根源」之類的報導，除了官網不斷更新英格蘭的賽事情報，還祭上「**英格蘭，奪冠吧！**」的斗大標題，可說熱血沸騰。

看來政治和體育是兩碼子事吧。脫歐一事並未影響世足賽熱潮，也見識到英國這國家的強韌。

喜愛足球的兒子也從世足賽開戰第一天便沈醉其中，但今年不同於往年的是他非常關注日本隊，從各選手的名字與經歷、分組賽如何勝出、到教練更換一事等，可說比母語是日語的我還清楚。

以往他只關注英格蘭的賽事，從沒對日本隊如此感興趣，因此滿腦子問號的我忍不住問他。

「我雖然住在英格蘭，可是仔細想想，爸爸是愛爾蘭人，媽媽是日本人，我身上並沒流著英格蘭的血，應該幫愛爾蘭和日本加油才對。這次愛爾蘭沒參賽，所以我要為日本隊加油。」

兒子這麼回道。

雖然他一派輕鬆地說，我卻覺得好像不太妙，有點不安。

「那孩子居然提起什麼血緣之類的事，該不會他傾向民粹思想啊！」

我把這件事告訴外子，擔憂地說。

「因為妳有點偏左派，所以對這種事很敏感。思考自己來自哪裡，是很自然的事啊！要是完全不在意這種事，就這樣長大成人，我反而比較擔心。」

想起自己小時候，的確在意過自己的祖先是什麼樣的人，還問過祖母，既然青春期的孩子好奇自己的血緣沒什麼好奇怪。為何身上流淌著不同種族血液的人思考這種事，就被視為民粹主義者，怎麼想都覺得對兒子並不公平。

但因為學校裡的英國學生比例偏高，日本隊又是極少人會注目的球隊，我擔心他會因此被孤立。

「也有其他移民家庭的孩子支持英格蘭以外的球隊嗎？」

我試著探詢問道。

「有來自波蘭和克羅埃西亞的女同學，可是她們對足球完全沒興趣，所以只有我囉。」

「其他同學沒說什麼嗎？」

「沒啊！好奇怪喔，為什麼別人要說我什麼啊？」

「也是啦！」

就在我們聊過後，又過了幾天。

學校的校外教學是去樂高樂園。

下午四點左右，我接到兒子打來的電話。

「媽，日本好厲害喔！」

電話另一頭傳來兒子興奮的聲音，隨即又傳來「Japan、Japan、victory to Japan!」少年的歌聲。

日本和哥倫比亞之戰已打完，結束校外教學的學生們準備上車返家，兒子趁集合時滑手機，看到日本贏球的消息，忍不住驚呼：「Oh my god!」其他同學也大叫：「Unbelievable!」眾人騷動不已。

「Japan! Japan!」

我聽著少年們的高聲激昂吶喊，心想：**這是多麼露骨的民族主義表現啊！**

但仔細想想，在兒子身後吶喊的少年們沒有半個日本人。看來對他的朋友來說，兒子在世足賽這段期間不是「東方人」，而是「日本人」。

兒子就這樣成了眾人公認的日本隊鐵粉，每天回家都會觀看世足賽。不過前幾天，從二樓傳來吉他聲。最近他似乎在社團學習作曲，所以趁賽事空檔窩在房間練習譜曲。

療癒風格的吉他樂聲響起，帶著一抹哀愁的獨立搖滾風格，就在我心想「還不錯」時，傳來兒子的歌聲。

「Grandpa's ponzai、uuu~ Grandpa's ponzai~ uuu」

兒子說：「因為我還有沒談過戀愛，所以沒什麼素材可以寫成歌詞。」我就告訴他：「寫自己覺得最強的東西也行。」

只是沒想到他會以「外公的盆栽」為題，或許這就是他現在的心情寫照吧，也或許幫日本隊加油一事，讓他想起遠在日本的外公。

兒子找出八〇年代的經典電影〈小子難纏*〉，包括之後翻拍的系列作品DVD，一口氣看完。電影裡頭的宮城先生酷似家父，他把主角少年丹尼爾與宮城先生的關係投射到自己和外公身上，有種莫名的感傷。

「酷愛盆栽的宮城先生側臉和九州的外公特別像。」

兒子如此說道。

無奈我教了他好幾次「盆栽（BONSAI）」的日文唸法，但可能是英文的N音之後要發不是濁音的S頗困難吧，他每次都唸成「PONZAI」。

照理說，一到青春期，身為歐日混血兒的孩子應該會討厭日本的東西；我兒子卻恰恰相反，反而更加關注日本。

---

*注解：〈小子難纏〉（The Karate Kid），一九八四年美國電影，導演是約翰・艾維森，雷夫・馬奇歐與森田則之主演。相當受歡迎，一共拍攝三集續集。

「那小子從小就特別喜歡敗犬，應該說是傾向站在弱勢者的一方，現在他那麼熱中日本也是因為這樣吧。像德國那種不用特別加油也會贏的國家（後來完全顛覆這般公認說法），如果爸媽不是德國人，絕對不會那麼支持啦！」

外子這麼冷靜地分析。

在這不可思議的夏天，我想密切關注民族主義與盆栽歌曲的動向。

9
地雷密布的多樣性世界

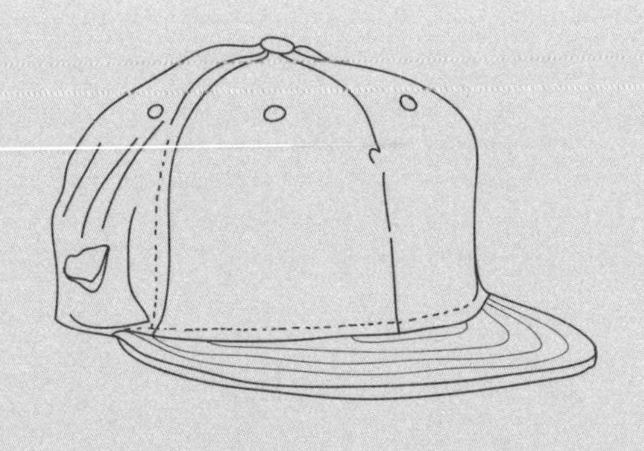

孩子還真是善變的生物。

對日本隊如此狂熱的兒子在日本隊敗退後，轉而支持英格蘭隊。

英格蘭隊在這次的世足賽表現出色，就連一向被詛咒絕對贏不了的PK賽，也順利得勝。

即便在家中觀賽也穿著仿日本隊隊服的球衣（福岡的外公買給他的），吶喊加油的兒子立刻換上英格蘭隊的球衣（住在倫敦的姑姑買給他的），幫英格蘭加油。

想要加油的球隊不只一個是很幸運的事，只是沒想到他立場轉換得如此之快。這邊不行，還有那邊，反正不只一個選擇。

要是在只有一個選擇的世界，一旦不行就全都沒了。

「你不是說你沒英格蘭血統，所以不會替英格蘭加油嗎？」

「畢竟我住這裡，還是想替英格蘭加油。」

「也對啦！不管怎麼樣，媽媽我也是會替英格蘭加油。」

這句**「不管怎麼樣，還是會支持」**意味著，所謂的公民民族主義，也是媒體常用的政治語言。此外，這句話也是幾年前蘇格蘭舉行獨立公投時，用來對抗民族主義而引發熱議的訴求。

> 「無論出身何處，無論是什麼樣的膚色，無論是信仰哪一種宗教，只要拿出勇氣，結合眾人之力，便能打造美好的國家，這是我深信的民族主義。」

說出這番話的是蘇格蘭的首席部長妮古拉·斯特金（Nicola Sturgeon）。積極推動蘇格蘭獨立公投的她，成了話題人物，二〇一五年英國大選起跑，她在BBC公布的「最具影響力的女性」名單中高居榜首。

反觀去年首位以穆斯林身分，當選倫敦市長的薩迪克·汗（Sadiq Khan）卻遭奉行公民民族主義的人士批評，與川普的支持者、脫歐派無異。

要說「民族主義」這詞對於脫歐公投後的英國有何影響，那就是「激怒了一大票人」，也就不免擔心這次的世足賽會不會因此成了加深裂痕的催化劑。沒想到英國依舊颳起一陣世足熱潮，無論是脫歐派還是留歐派都暫時休兵，一起為英格蘭隊加油。

然而，媒體界也有不少人批評這場休兵。

某天吃早餐時，兒子突然提出疑問。

「英格蘭隊的選手都是留歐派嗎？」

「欸？」

我看向兒子指的報紙。

「要說英格蘭代表隊代表誰，那就是48%的留歐派。」

這樣的標題躍入眼簾，旁邊還放了一張英格蘭代表隊選手們愉快練習罰球的照片，我瀏覽這則報導。

「根本沒寫這種事啊！」

「那為什麼要說他們代表留歐派？」

「為了達到吸睛效果，新聞標題通常都會寫得比較誇張、聳動，就像我們現在也被這樣的標題吸引到，不是嗎？」

「所以這是假新聞？」

兒子聽了我的回答，又問。

「也不是。應該說，看了報導內容就大概明白，為什麼會用這樣的標題。」

「可是下這樣的標題不好啊！」

「嗯。」

「根本是在挑撥離間。」

「也是啦！」

「說英格蘭代表隊不是脫歐派組成的球隊，那也只代表一半的英國人而已，下這種標題根本就是故意挑起紛爭嘛！」

兒子這麼說完，轉身回到樓上。

這篇報導的內容大致是這樣。這群平均二十幾歲、住在大都市、英格蘭代表隊有史以來種族最多樣性的選手們，根本就是代表在脫歐公投中，投下留歐票的一群人。他們和拚命鼓吹脫歐派的人不一樣，這支英格蘭代表隊以雙親來自不同國家（我的兒子就是一例）、出身移民家庭的子女居多，此次英格蘭代表隊表現得如此出色，證明一支強隊必須具有多樣性。年輕、匯聚各種種族的英格蘭代表隊，體現了英國今後該走的路。

我瀏覽了一下刊載這篇報導的《衛報》官網，想知道引起什麼樣的迴響。「真是一篇令人厭惡的報導」、「雖然我是鐵桿留歐派，但想為這樣的報導道歉」、「別將脫歐一事扯上世足賽」，只見官網上一片批判聲浪。

雖然是左派作風的報導，但為了主張自己的想法，卻向和自己意見相左的人揚言：「英格蘭代表隊才不是你們的呢！」

為什麼會說出如此幼稚的話呢？只能說脫歐公投結束後，部分留歐派與脫歐派人士依舊存著這般心態。

「根本是在挑撥離間」、「故意引起紛爭」兒子說的這些話，或許是時下孩子的率直感想。無論是留歐派還是脫歐派，看在兒子這年紀的孩子眼中，只是一群互相叫囂、口角，頑固又幼稚的大人吧。

在兩派人士無法接納與自己看法迥異之人的情況下，恐怕只有孩子能以清明雙眼，冷靜地接受在英國這塊土地上，就是存在這兩種想法之人的事實。

暑假前學習到的事

隨著英格蘭代表隊也敗退，無法捧著冠軍獎盃，光榮返回足球發源地的祖國，掀起熱潮的世足賽順利落幕。

將仿日本隊與英格蘭隊的球衣收進衣櫃的兒子也回歸正常生活，接下來就是等待暑假來臨。

某天，我如同往常般尋問兒子在校的狀況。

「今天在學校學些什麼呢？」

「認識女性性器官。」

兒子說。竟然得到如此令人意外的回答。

「蛤？」

「生活技能課上的是性教育。」

「播放影片嗎？」

「不是，是很大一張照片，應該是畫得很逼真、很詳細的插畫吧。老師就拿著這東西上課。」

「是……是喔！」

小學高年級時，就有上過關於性教育的課程，看來課程內容會越來越深入。

世足賽之後，接著是性教育嗎？今年的夏天還真是熱情洋溢啊！

幾天後，兒子從學校回來，跟我分享學習到的新事物。

「今天學到ＦＧＭ。」

「咦？ＦＧＭ是……」

「Female Genital Mutilation（切除女性性器官），非洲那邊會這麼做。」

「嗯，這我知道。」

「媽，妳說妳知道，難不成日本也會ＦＧＭ？」

「日本沒有這種風俗習慣，但媽知道有這種事就是了。」

原來如此啊！之所以在這時候教導他們認識女性性器官，或許是為了講述ＦＧＭ而做的鋪陳。

ＦＧＭ是非洲、中東，以及亞洲部分國家的一種風俗習慣，也就是切除一部分或是切開女性性器官，稱為「女性割禮」。在特定群體內，基於文化、宗教、社會等理由，相信這麼做是為了女性好（為結婚做準備、確保處女之身），所以被施以割禮的對象多是從幼兒到十五歲的少女。

這樣的風俗習慣也會導致不孕、難產，也有人因此大出血、感染而陪上一條命，帶給女性莫大的精神創傷。所以英國從八〇年代便明令這是違法行為，嚴格禁止這種虐童的殘忍行徑，但部分移民群體依舊偷偷保有這樣的風俗習慣。

暑假成了進行FGM的絕佳時機，因為術後復原期不必上學，所以暑假一到，便有父母以返鄉探親為由，帶女兒回祖國接受FGM。NHS（國民健保署）也在官網與宣導手冊上嚴明禁止這種行為。

看來之所以要趁暑假前，教導國中生認識所謂的FGM，應該和這檔事有關吧。

「老師攤開一張女性性器官的照片還是插畫的東西，開始說明什麼是FGM，有些女同學覺得很可怕、很不舒服。」

「……對女性來說，想像實際情形確實很痛苦。」

「不但有生命危險，也是侵害人權的行為，所以老師說要是知道有人是ＦＧＭ的受害者或可能是受害者，一定要向他通報。」

「嗯，媽媽考教保員時，也有了解這方面的事。」

雖說如此，這種事對國中生來說，還是過於驚悚。畢竟這所學校的學生幾乎都是英國人，應該不會有人遭遇這種事吧。

「你們學校的學生幾乎都是英國人，應該不太可能有人會遭遇到這種事吧。」

「這個嘛，最近班上來了一位轉學生，她好像是來自非洲的移民。」

兒子像是突然想到似的回道。

暑假都快開始了，還有轉學生啊！腦中突然浮現黑人少女坐在全是白人的教室，聽老師說明ＦＧＭ的情景。

「嗯，而且啊……，老師還播放關於ＦＧＭ的影片給我們看，就是那種紀錄片。影片出現一群黑人女性，應該是中年婦女吧，述說自己少女時被ＦＧＭ的經驗。有些人是在被父母欺騙的情況下，強加施以ＦＧＭ，還說過程有多痛，這創傷讓他們長大後有多痛苦，都是一些很可怕的經歷。其中有個婦人長得很像轉學生的媽媽……」

「欸？很像？臉嗎？」
「應該說是髮型、穿著吧。非洲女性不是都會在頭上纏著彩色頭巾，穿著民族風、顏色有點鮮豔華麗的衣服嗎？她媽媽帶她來學校時，就是這樣的裝扮。」
「是喔……」
不難想像後來教室裡的情形。
「『那個人是妳媽媽嗎？』應該有人這麼譏諷她吧？」
我這樣問道。
「沒啦！雖然沒人這麼說，但有幾個女同學說什麼轉學生該不會暑假時，被強迫接受FGM吧……」
「是喔……」
當時的教室氣氛應該有些凝重吧。
「我覺得她們根本不是出於關心，而是抱著八卦心態吧。」
兒子不以為然地說。
「也是啦！如果真的擔心，應該私底下通報老師之類的……」

這問題還真棘手。

搞不好學校方面是以「因為轉學生來自有FGM這般風俗習慣的地域，所以特地於暑假前讓孩子們瞭解這件事」為由，才安排孩子們上這堂課。

然而，若說關心與偏見是一線之隔，那麼預防與偏見也是一線之隔。

不難想像在課堂上講述FGM而引發的問題，勢必在全國各地的中學班級都會發生，何況講述的對象不單是來自有此風俗習慣地域的移民學生，而是全體學生（不分男女）。畢竟當事人通常很難向他人啟齒這種事，所以為了杜絕FGM這種不人道的行為，必須設法讓周遭人「關注」此事。

其實不在課堂上講這種事，就不會引起什麼風波，但這國家的教育就是寧可引發事端，也要保護少數可能受害的少女。

或許習慣這般風波不斷的日常生活，也是讓自己能在這種族多樣化國家生存下去的一種訓練。

身處多元文化社會的我始終在摸索

又過了一週，一學期一次的回收二手制服販售日再次來到。

我站在學校的義賣活動攤位旁。新加入團隊的我卯足幹勁修補，所以這次販售的數量比以往來得多，折疊式長桌上整整堆疊了三大排依尺寸分類的二手制服。POLO衫、褲子、裙子的價格是50便士，運動服、體育課穿的連帽衣之類的價格是1英鎊，收益全數作為營運經費，多的部分則捐贈學校。

我和紫色女士與兩位資深義工媽媽，站在排滿二手制服的桌子旁，正值放學時間，穿堂附近滿是熙來攘往的學生。

我瞧見兒子和朋友們走過走廊的另一邊，不滿兒子故意裝作沒看見的我，朝著他用力揮手，只見兒子難為情地低著頭，微微揮手回應。

成群結隊走出來的是兒子的同班同學們，因為有幾個是我認識的孩子，所以我朝他們微笑說「Hi」時，瞧見有個身形嬌小的黑人少女獨自走過來。我想，她應該就是兒子說的那位轉學生。

有位穿著顏色鮮豔的印花連身長洋裝、戴著大大金色項鍊、頭上纏著橘色頭巾的黑人婦女，帶著身穿附近小學制服的兩個小孩，手上還抱著嬰兒，從活動攤位對面玄關的玻璃門走進來。只見她和黑人少女會合，一起走向我們。

「這是二手制服嗎？」

纏頭巾的黑人婦女這麼問。

「是的。」

我回應。

幾天前，有發訊息給全校學生的家長們，也有在學校官網PO上販售二手制服的消息，她應該是看到消息才來的吧。

婦人抱著的小嬰兒睜著佔了半張臉的大眼睛直盯著我。

「妳是幾年級？」

雖然覺得她應該就是兒子的同班同學，但我還是這麼探問。

「七年級。」

「班導是誰啊？」

「格林伍德女士。」

「是喔，那妳不是和我兒子同班嗎？」

要和對方打交道的首要禁忌，就是不能貿然地說：**「我聽我兒子說他們班上來了一位轉學生，就是妳吧？」**

為什麼呢？因為我之所以認定初次見面的她就是兒子說的那位轉學生，是基於「兒子說來了一位『黑人』轉學生」這事實，所以要是那麼說的話，著實有欠周延、不尊重少數族群，畢竟多元化社會處處都是地雷，還是小心為妙。

「哦——，妳就是我女兒說的那個中國孩子的媽媽嗎？她說，他們班有一位中國來的男同學。」

纏著頭巾的婦人突然用無比宏亮的聲音說道。

對方不是踩地雷，而是侵門踏戶。

「是啊！班上大概只有我兒子是東方人。」

我有點尷尬地回應。對方卻不以為意地開始挑選二手制服。

「這邊是尺寸比較小的嗎？」

「不是，S和XS在那邊，這邊是M，再過去一點的是尺寸比較大的。」

纏著頭巾的婦人聽我這麼說明後，開始在一疊制服中翻找。我看她一手抱著嬰兒，不太方便挑選。

「不介意的話，幫妳抱一下孩子？」

我這麼建議問道。

「謝謝！」

轉學生的母親說完，便將寶寶遞給我。

寶寶睜著晶亮大眼，目不轉睛地看著我。**這是什麼生物啊？沒看過。**露出像是在觀察什麼似的微妙表情。

婦人拿起一件件制服，攤開來看是哪種尺寸，然後對站在一旁的兒子身上比一比。

「這孩子九月開始也要唸這裡，想說也幫他買幾件。」

「是喔，還真是湊巧呢！因為一學期只賣這麼一次，所以機會十分難得呢。」

「我家有五個孩子，光是買衣服就很花錢。」

「五個孩子？」

「嗯，等一下還要去托兒所接另一個。」

婦人的視線從手上的制服移向我。

「妳有幾個小孩？」

「我們家只有一個。」

「哦？是喔！記得你們國家規定只能生一個。」

蛤？我疑惑地望著她。她這番話說得坦率，還一臉同情。

「啊，我不是來自中國，我是日本人。」

「在日本生幾個孩子都行嗎？」

「是的，我記得中國也廢除一胎化政策了。」

她聽到我這麼說，又默默地看向手上的制服。

我突然想到一件事。因為我是日本人，所以她這麼反應，如果我是中國人，這番對話又會如何開展呢？

「馬上就要放暑假了。」

我重整心緒，換了個話題。

「放假時，五個孩子都在家，好煩啊！不管做什麼事、去哪裡，都像在地獄啊！」

她這樣抱怨說道。

「你們家要去哪裡度假呢？」

每到夏季這時期，和別人聊天時，一定會不假思索地脫口而出這句：

「要去哪裡度假？」。

只見她突然停止動作，抬起頭，神情緊繃，眼神變得銳利。

「放心啦！不是回非洲。」

她隨即從我手上抱走寶寶，不管攤在桌上的制服，轉身走向門廳。和兒子同班的少女、穿著小學制服的孩子們趕緊追上母親。

站在原地的我呆若木雞。我不是要問那種事啊！我滿腦子想的都是中國的事，根本沒聯想到非洲。

我猶豫著是否該拿著攤放在桌上的幾件制服，追上去呢？但向她道歉也很奇怪。**對不起，我根本沒想到ＦＧＭ一事。**感覺這麼道歉更奇怪。

瞧見兒子的同學，也就是那位少女走回來，遞給我三英鎊，抱起桌上攤開的制服，隨即轉身離去。

好久沒像這樣踩地雷了。這國家住著各式各樣的人，擁有各種文化與想法，原以為自己長年下來，連各種表達憤怒的方式都已熟悉，沒想到還是踩到地雷。

纏著橘色頭巾的母親與孩子們站在稍遠處，直瞅著我們這裡。當他們和抱著制服的少女會合後，一行人又轉身邁步。

看來FGM的風波影響到那戶人家的生活。

而我的心也備受衝擊。

生存在這多元文化的社會，有時就像漂浮在海中的水母。

10

一趟「格格不入」的返鄉之旅

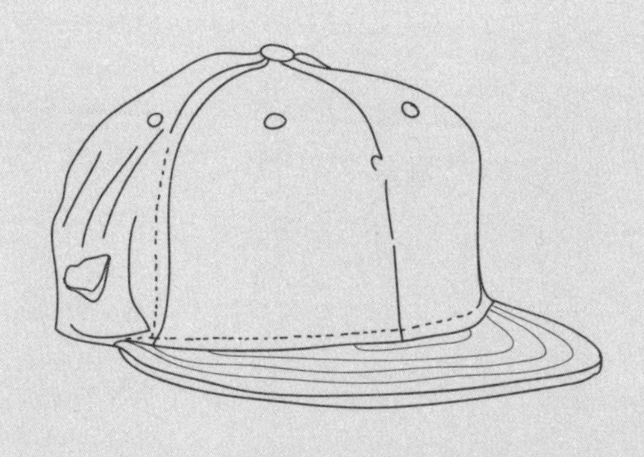

暑假就是返鄉省親的時節。

直到兒子呱呱墜地之前，我幾乎沒回鄉，也曾七年沒踏上日本的土地，所以我實在無法理解什麼「**我好想吃那家店的東西，所以一定會定期回去**」、「**回日本治療牙齒**」這類住在英國的日本人說這些話時的心情。

或許我這個完全不會想返鄉省親的人，之所以決定和別人一樣踏上歸鄉之途，是因為突然有了自己的孩子，也就心生必須讓兩老看看孫子的使命感吧。

不過對定居英國的人來說，一想到要在日本最熱、最悶濕的時候返鄉，不免心情鬱悶地想：**唉，真是的，又要在最難受的時候回去了**。

相較於此，兒子倒是滿心期待日本行，因為他和家父的感情非常好。兩人的互動還真是不可思議，明明我兒子完全不會日語，家父也吐不出半句英語，祖孫倆竟然還能溝通。

其實這幾年我因為工作回日本時，都是把兒子丟在福岡的老家，自己前往東京，當然也是因為兒子說他想和外公在一起。

祖孫倆一起去釣魚，一起去看福岡軟銀鷹隊的比賽，一起去遊樂場玩飛碟球，過得超級快樂。為什麼語言不通的兩個人能如此投契呢？或許是因為他們在言語上彼此迎合吧。

我看兩人對話時，家父說的是博多腔日語，兒子則是回以英語，明明根本無法溝通，還是講得很開心。

「哇，這樣母湯啦！」

「Oh my god!」

不然就是——

「這啥啊？」

「What the hell is that?」

日語和英語居然能同步的如此絕妙，聽在旁人耳裡實在好笑，但他們的感情著實好到讓人覺得，語言在溝通過程中或許沒那麼重要。

兒子小時候和外子長得很像，所以外公帶著他走在老家這處鄉下地方，總是引人側目。但隨著他逐漸長大，臉孔愈來愈像東方人，現在和外公走在一起就像一般祖孫，不會有人好奇地回頭。

記得是兒子三歲時的事，我帶他搭公車，車上乘客全都向我們行注目禮。我們一坐上後面的位子，坐在前面的一群國中女生便回頭瞅著我們，嘻笑地交談著，我聽到她們說：「好可愛喔！」

車上乘客也不是惡意地打量兒子，但從沒被別人這樣盯著瞧的他，縮著小小身軀哭著說：「我討厭大家一直看我！」

討厭被別人行注目禮的他不是說：「**I'm scared**」，而是哭著清楚表明：「**I don't Like it**」。

「為什麼要看我？我哪裡奇怪了？」

他不解地反問。

「你沒有哪裡奇怪啊！」

我說。但他還是哭個不停。

「因為他們看到那麼小的孩子上車，覺得很可愛，所以才一直看我們啊！」

我趕緊再安撫他說道。

對兒子來說，這是他第一次感受到別人覺得他「與眾不同」。

後來隨著每年返鄉省親，兒子對於這種事也越來越習慣。

幸運的是，他在每次回福岡都會去的泳池，認識一位美日混血少年。用母語英語交談的兩人馬上變成好朋友，相約一起游泳，他們的身影在周遭幾乎都是當地人的泳池中格外顯眼。

住在美國的他們也是利用暑假返鄉。隨著孩子們不斷成長，我們不好意思再跟著進泳池，於是我和少年的母親坐在休息區，隔著玻璃窗一邊閒聊，看著孩子們游泳。

久而久之，有些當地的孩子會開他們倆的玩笑，也有少年會主動向他們搭訕。

某天，換好衣服走出來的兒子和美國來的少年，坐在大廳的長椅上，聊起當地孩子。

「他們都衝著我們喊『外國人！』、『外國人！』」

「嗯，那是『foreigner』的意思。」

「是喔！所以他們是在喊『foreigner』、『foreigner』嗎？這樣很沒禮貌吔！」

「你沒有常被說是half嗎？」

美國來的少年聽到我兒子的話，反問。

「對喔！的確有時候會被這麼說，這是什麼意思？」

「就是指像我們這樣日本人與外國人的孩子，因為一半是日本人，所以被叫做half。這說法也很沒禮貌，我爸超生氣。」

我邊聽他們交談，想到自己好像沒教過兒子關於「half」這詞的意思。兒子的日文程度沒有少年那麼好，就算被說是「half」也聽不懂，而且他也沒問過我。

「今天你們聊到『half』這詞，是吧？」

在回程的公車上，我對兒子說。

「嗯，好沒禮貌的說法。」

因為兒子這麼回應，所以我覺得必須告訴他，在日本這也是一種帶有歧視意味的說法。

「不過啊，最近好像越來越多人說『double』，而不說『half』。」

兒子聽到我這麼說，略有所思地望向窗外，又看向我，

「我總覺得怪怪的。雖然說是一半很過分，但也不必突然變成兩倍吧。用『half and half』這詞不就好了？一半加上一半，這樣大家一樣是『1』啦！」

英國最近也因為「MIXED RACE（種族混合）」這字眼帶有歧視意味，所以有人認為應該用「BI-RACIAL（混血兒）」比較恰當。

不過，也有多國籍混血兒「以自己擁有多國血統為傲，所以覺得『MIXED』這詞並無不妥」。總之，就連當事人的看法也很歧異。

「不管是『half』還是『double』，不管是各一半還是雙倍，都是那麼與眾不同，不是嗎？所以大家都是『1』不就得了嗎？」

瞧兒子對數量如此堅持，莫非他喜歡數學？感覺那個討厭被車上乘客行注目禮而哭泣的三歲小男孩側臉，與兒子那張望著窗外的臉重疊。

影音出租店裡的敏感對話

雖說祖孫倆十分投契，但畢竟家父已是高齡八十的長者，沒辦法陪著十二歲的孫子四處轉。這次返鄉，兒子察覺到外公面露疲色。

「我們不要出去，在家裡看電影吧。」

他如此提議道。

雖說如此，但老家沒有「Netflix」、「Amazon Prime」可看，只能去影音出租店租片子。

在英國已經找不到什麼影音出租店了，所以很驚訝日本郊區街上還有這種店，而且腹地寬廣、店面也很大，商品豐富齊全。就連愛看韓國古裝劇的家父，也對一大排韓劇專區深表讚嘆，開心地說：「**光是來這裡租就行了，根本不必看電視啦！**」

兒子不曉得沒有英語發音的電影，在洋片專區挑了幾部片子後，拿到櫃臺。

「歡迎光臨！請問有會員嗎？」

穿著紅色T恤，年紀應該跟我相仿的女店員這麼問。

「沒有，我們是第一次來，想辦會員。」

「有帶證件嗎？」

我沒帶身分證件出來，就算有帶上頭也是英國的地址，恐怕不適用。
就在我心想怎麼辦時——
「還有這部，外公一直說這部good、good，他可能想看吧。」
兒子拿了一支ＤＶＤ走過來，說道。
對喔！我想起爸爸說他不然也來借個韓劇，請他辦會員不就得了。
「我沒帶證件，不過我爸也有來，可以請他辦會員，用駕照可以嗎？」
我才一說完，剛才還露出營業用笑容的中年女店員，馬上露出狐疑的眼神打量我。
「是可以……」
女店員那張臉呈現微妙的斜度，露出看到可疑人物似的表情。
「下次只要抽出裡面的牌子就行了，不必拿盒子。」
她從我手上拿走ＤＶＤ，一邊取出黃色牌子，一邊說。
「啊，是喔！不好意思，因為第一次借，所以不知道。那我把盒子放回去。」

我和兒子一起回到洋片專區，將盒子逐一放回原位，然後將事情始末告訴還在挑選韓片的父親，帶著他再次前往櫃臺。

櫃臺沒人，瞧見上方三十公分是玻璃的隔間，那頭站著兩名穿紅色T恤的店員，正在講悄悄話。

「她的口音聽起來怪怪的，一旁的小孩子是講外國話。」

「最近這一帶越來越多外國人。」

「可能是菲律賓人之類的吧。」

「要是不放心，還是叫店長來處理吧。」

「不好意思！」

被說口音怪怪的我有點受到打擊，不由得喊道。

剛才那位中年女店員以及看起來比較年輕的女店員，從隔間裡頭走了出來。

「我爸想辦會員。」

我說。這次由比較年輕的女店員接待。

「有帶證件嗎？」

「這個可以吧？」

家父邊說，邊掏出駕照。

女店員拿著證件走到裡面，不知道用電腦在確認什麼。我很詫異對方沒有任何說明，就這樣拿走客人的證件。

過了一會兒，年輕店員走回來。

「已經確認好了，證件先還您。」

她將駕照還給家父，說道。

「請填寫這張表格。」

她將入會申請書遞給家父。

「糟了，我忘了帶老花眼鏡，根本看不清楚。」家父說。

「我幫你寫吧。」我說。

「申請書必須本人填寫才行！」

站在隔間牆旁邊，一直緊盯著我的中年女店員突然走過來這麼說。

「爸，他們說申請書必須本人填寫才行。」

一臉無可奈何的我，只好盡量咬字清楚地對家父說。

感覺自己就像小津安二郎電影裡的人物，那樣說著字正腔圓現代人聽來卻很不自然的日語。家父則是露出「**這傢伙到底在說什麼啊**」的表情看著我。

身為日本人的我，為何要努力讓別人覺得我是日本人啊？

「這樣的話，我來寫，借枝筆。」

家父這麼說道，準備填寫入會申請書。

「這裡是要寫現在住的地址嗎？」

由於搞不太清楚，他顯得有點不知所措地看著我，問道。

「是的，這裡寫地址，下方是寫出生年月日。」

中年女店員回應，一副在給詐欺犯做筆錄的樣子，口氣十分嚴肅。

「有問題問我，請不要問別人。」

別人？什麼意思啊？

除了申請入會者以及負責審核的店員以外的第三者；也就是連證明居住地址的證件都拿不出來的局外人；也就是連租借方法都不知道，還帶著不會說日語的孩子，不屬於這一帶的可疑人士。

「別人」的英文是「OTHERS」，也就是相對於「US（我們）」的「OTHERS（他人）」。

我想，她真正想用的字眼是「陌生人」吧。

家父辦完入會手續後，順利借到DVD時，在一旁等得無聊的兒子拿起「免費試玩區」的遊戲搖桿玩遊戲。

「走囉！」

我一喊，兒子將遊戲搖桿放回原處，跟在家父和我身後。

我瞧見那位中年女性店員趕緊衝出櫃臺，將遊戲搖桿重新放好。

我想，她是那種不容許自己所屬的世界、自己理解的世界有絲毫改變及動搖吧。

每次回日本，就覺得這樣的人又變多了。莫非是我太敏感嗎？

YOU來日本做什麼？

老家附近有一間日本料理店。每次返鄉省親都會光顧，這次也在那裡有著奇妙體驗。

我和家父、兒子三人坐在和式座席享用美食時，有個穿著西裝的中年男子和可能是部屬的兩位年輕男子走進來。應該是熟客吧。只見老闆拿出他寄放的酒，坐在吧檯位子的他們開始小酌。幾杯黃湯下肚後，西裝男似乎醉了。

因為這間店不大，和室座席和吧檯離得很近，所以對話聽得一清二楚。兒子和我用英文交談時，感覺西裝男頻頻瞅著我們。

「YOU來日本做什麼？」

西裝男突然回頭，向我們搭話。我知道這是日本某綜藝節目的名稱，回來時也看過好幾次。

「回來探親，我父母住在這附近。」

「她每年都帶孩子從英國回來，給長輩看孫子。」

在吧檯那邊忙碌的店老闆，開口說道。

「是喔。」

西裝男用醉茫茫的眼神，瞅著我兒子。

「這孩子會說日語嗎？」

「他只會說英語，是我沒好好教他日語。」

聽到他的詢問，我回道。

只見喝醉的西裝男雙手扶著椅背，身體轉向我們。

「為什麼只教他英語，不教他日語？怎麼對得起自己的國家。」

他語帶強勢地說。

為什麼我回來後，一直被不認識的人數落呢？

「因為我們住在英國，自然是講英語。」

我試著跟一個喝醉的人講理。

家父輕輕搖頭，用眼神示意我「**別理會**」。也是啦！對方喝醉了，沒必要為這種事據以力爭。

「身為日本人，怎麼能夠不以日本為傲？妳也是日本人，要是不教他日語，不教他日本人的心，沒資格說是日本媽媽！」

一句話到底要提到幾次「日本」啊？這麼想的我不想再跟他抬槓，對日本媽媽這頭銜也沒那麼在意。

只見坐在惡狠狠瞅著我們的上司兩側，那兩位年輕部屬一臉歉意地向我們低頭致歉。

「說到底啊，就是觀念錯誤啦！什麼只要會英語就行了，這就是瞧不起日本經濟實力的證據。現在什麼都得扯上英文和中文，覺得只要會講這兩種語言就夠了。外國人不把日本看在眼裡也就算了，要是連日本人都瞧不起日本人，可就玩完了。」

西裝男開始絮絮叨叨地說醉話。

這次換店老闆蹙眉，雙手在胸前合掌，向我們致歉。

「哈啾！」

喝醉的西裝男打了個大噴嚏，從口袋掏出手帕，摀住口鼻，又打了好幾個噴嚏。

「今天的PM2.5更嚴重，噴嚏打個沒完，都是從中國飄過來的啦！就是個只會給其他國家造成困擾的民族。中國觀光客也超沒禮貌，做生意也不老實。他們啊，沒有咱們日本人這麼細心啦！誰會想跟這種國家的企業做生意啊！你們這些年輕人要加把勁啦！給我振作點！」

西裝男說完，還戳了一下坐在旁邊的部屬的頭。
都是中國害自己打噴嚏，業績差是年輕人的錯，所以日本經濟衰退要怪沒教孩子說日語的母親囉？雖然他看起來和我年紀差不多，但他喝醉的模樣像極了傳統日本歐吉桑。
本來默默吃飯的兒子，突然起身。
「我去一下洗手間」。
他走過坐吧檯位的西裝男旁邊走進洗手間。回來途中又經過他身旁時，西裝男突然大吼：「YOU！」兒子嚇得停下腳步。
「YOU來日本做什麼？」
西裝男一邊用食指指著兒子的臉，一邊說。
「哼，反正你也聽不懂我講啥！」
兒子驚怔地看向我。
「YOU來日本做什麼？YOU來日本做什麼？」
西裝男竊笑地連喊了好幾聲。
「吉岡先生，今晚已經喝夠了吧？」

店老闆打圓場地說道。

「是啊！剛才大嫂傳來簡訊，我說會馬上送你回去，所以我們得走了。」

另一位部屬說完，低頭向我們說聲：「不好意思」，隨即扶起上司。兩位年輕人向店老闆行禮致歉，拖著喝得爛醉的上司一起步出店外。

「那個人說什麼啊？」

回到位子的兒子問我。

「別解釋給你兒子聽比較好哩！」

店老闆這麼說。

「別讓他留下對日本不好的回憶。」

家父默默頷首，認同店老闆。

「我們也不曉得那個人說什麼，因為他醉到連話都說不清楚。」

我微笑地對兒子如此說道。

比起空污，比起日本經濟被中國超前，無法向兒子解釋自己同胞說的話，更讓我難過。

11

未來掌握在你們的手中

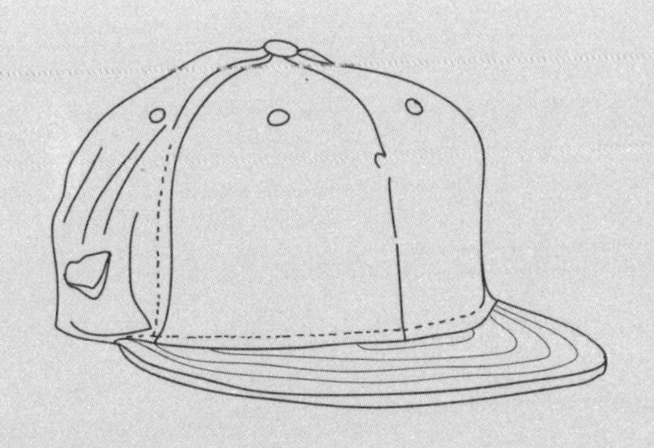

有一本叫做《一家三口》的繪本，英文書名是《And Tango Makes Three》，描述紐約中央公園動物園裡，兩隻公企鵝墜入情網的故事，而且是依據真實事件改寫的。

隨著企鵝產子的時節到來，兩隻公企鵝看著其他同伴忙著產卵、孵化，也撿拾酷似企鵝蛋的石頭來孵。看到這情形的飼育員，發現這兩隻公企鵝是一對，便將企鵝蛋放進牠們的巢裡，於是這對企鵝情侶輪流孵蛋，不久小企鵝誕生了，他們也升格當爸，小企鵝取名「Tango」。

這本繪本在英國的教保界被譽為「聖經」，與《好餓的毛毛蟲》*、《野獸國》*一樣，是業界人士必讀的名作。我也好幾次讀這個故事給三、四歲的孩子們聽。

英國的基礎教育起步非常早，孩子滿四歲後，九月份便能進入公立小學就讀小學學前班（或稱為小學預備班）。

我住的布萊登市是以住著很多LGBT之人聞名，也被稱為「英國的同性戀首都」。以前我任職私立托兒所時，便知道這一帶住著許多LGTB之人，所以托兒所裡有好幾個來自同性雙親家庭的孩子。

最有趣的是，每次我念這本繪本給小朋友們聽時，孩子們最感興趣的都是同一個地方。

這年齡的孩子喜歡大人反覆念同一本繪本給他們聽，就算大人覺得已經念到煩了，他們還是喜歡聽同樣的故事，背下一字一句，和教保員一起唸出聲音，而且每次讓他們開懷大笑的都是同一個地方。

孩子們最喜歡動物園的飼育員發現兩隻公企鵝是情侶的橋段。

「They must be in love——」

他們好喜歡這句話，總是屏息靜待這句話出現，然後二十幾個小朋友齊聲大喊：「They must be in looooooove！」

只見早熟的小女孩們害羞地竊笑，也有面面相覷的小男孩們一臉難為情地傻笑。他們不是嘲笑公企鵝談戀愛一事，而是因為這年紀開始意識到「性」這件事，所以羞於說出「IN LOVE」這詞。

＊注解：《好餓的毛毛蟲》（The Very Hungry Caterpillar），由艾瑞・卡爾（Eric Carle）所繪製及撰寫的兒童圖畫書，描寫一隻毛毛蟲在成為蝴蝶之前吃了各種各樣的食物。

＊注解：《野獸國》（WHERE THE WILD THINGS ARE），由美國作家莫里斯 桑達克（Maurice Sendak）所創作的兒童文學作品，榮美國圖書最高榮譽凱迪克獎等多項大獎。

閱讀其他繪本時也是，好比出現王子和公主相戀的場面，他們也會回以同樣的反應。對孩子們來說，他們在意的不是誰應該和誰戀愛，誰不能和誰戀愛；因為重點不在於「誰和誰」，而是「戀愛」這件事。

孩子們對企鵝寶寶為何取名「Tango」一事也很感興趣。大人一聽就知道這名字是取自於「It takes two to tango.（一個巴掌拍不響）」這句諺語，書裡也有暗示，但小孩子不曉得這諺語的意思。

「因為一個人無法跳探戈啊！也就是說，這件事必須兩人一起做才能完成。」

「探戈還是蛋時，兩位爸爸輪流孵蛋嗎？」

「是啊，兩人每天輪流孵蛋，探戈才能出生呀！」

「我還是蛋的時候，爸爸和媽媽也是輪流孵蛋嗎？」

「不是哦！人類不是由蛋孵出來的。」

孩子七嘴八舌地談論著。

「探戈和詹姆斯一樣也有兩個爸爸。好好喔——，我也想要兩個爸爸。」

有個孩子這麼說道。
「為什麼想要兩個爸爸？」
我試著反問這孩子。
「因為三個人可以踢足球啊！」
「蛤？兩個媽媽比較好吧。」
一旁的孩子聽聞後插嘴說道。
「為什麼？」
「媽媽比較會踢足球啊！」
「我只有媽媽，不過媽媽的男朋友有時候會過來。」
「我有一個爸爸，兩個媽媽。有住在一起的媽媽，還有週末碰面的媽媽。」
「我爸爸平常是爸爸，可是去工作時，換了衣服就變成媽媽。」
托兒所裡有來自不同家庭的各類型孩子。有雙親是同性戀者的孩子；有週日和養母一起住，週末到生母家住的孩子；有父親是扮裝流行歌手的孩子。

孩子們絲毫不在意自己的家人有多麼與眾不同，因為他們認為不一樣是理所當然的，也不會思索這種事是好是壞。

「因為還有時間，可以再讀一本。這次要讀哪一本呢？」

「再讀一次Tango的故事。」

「欸？還要再讀一次？」

「Tango! Tango!」

「那這次換誰來讀呢？你們已經背起來了，可以坐在這張椅子上，代替我讀呢！」

聽到我這麼說，孩子們紛紛舉手，大喊：「選我！」、「我會！」、「請選我！」

「嗯……要選誰呢？那就……」

我突然醒了，好久沒夢到在托兒所工作的夢了。

為什麼會夢到這樣的場景呢？是因為最近一直在想關於同性戀者飽受歧視的問題嗎？

不過，小朋友的世界可是多采多姿又自由。

小小孩身上沒有「非得這麼做不可」的框架，無論男與女、夫婦、親子、家庭，也沒有「一般都是這樣」或是「這樣很奇怪」的觀念，甚至連「我不喜歡這樣」的好惡也沒有。

這種東西是隨著成長階段，來自別的地方、受到別人的影響而形塑出來的東西，小小孩沒有這樣的束縛，他們能夠包容任何東西的原本模樣，所以幼兒是擁有禪心的無政府主義者。

然而，隨著孩子逐漸成長，也會開始發現社會有各種框架，不再是那麼自由、不在乎世間任何事，那麼開朗又愉快的存在。

在托兒所裡把《一家三口》這故事背起來，搶著要朗讀這本書的孩子們現在變得如何？還是天真爛漫地分享彼此的家庭狀況嗎？還能毫無偏見地接受不同於自己家裡情況的家庭形式嗎？

這麼思忖的我，起床後頓時覺得心情有點陰鬱，便隨手拿起了一本書，又躺回床上。

相較於夢中的鮮明色彩，窗外是一片蒼茫的灰色天空。

當然會有各種情況

我翻開雷貝嘉．索爾尼*的《愛說教的男人》*繼續讀下去，內容彷彿在寫我剛才做的夢。

索爾尼在這本書裡有篇名為《稱頌威脅》的文章中，寫道：「**與其說保守派認為同性婚姻威脅到傳統婚姻是一種否定同婚的態度，不如說是稱頌。**」

支持同婚的人對於保守派的主張十分嗤之以鼻，索爾尼卻認為這一點才重要。正因為傳統婚姻以「應該要守護什麼東西」為前提的這一點很奇怪，所以更能理直氣壯地說傳統婚姻並沒那麼好。

以往女性結婚後，就得嫁雞隨雞，嫁狗隨狗，亦即女性因為婚姻而失去自我。直到十九世紀後半，美國的女性一旦結婚，所有東西依法都歸丈夫所有，無論是財產還是嫁妝；就算丈夫對妻子施暴也無法可管，妻子的所有物被丈夫沒收，即便遭受家暴也不構成犯罪。已婚婦女根本與奴隸無異，女性的人生完全掌握在另一半的手中。

經過漫長歲月，逐步修法，才慢慢變成女權抬頭的社會。然而，女性直到現在還是與父權社會搏鬥著。

近年來，「婚姻平權」這詞在美國與歐洲十分盛行，但不同於存在著男女不平等這問題的異性婚姻。同性婚姻有著父權社會無法容許的自由關係（同樣性別的人結婚，本來就是立足於平等關係），當然威脅到傳統婚姻，所以索爾尼認為我們應該將這種威脅視為一種稱頌。

但也有不少人厭惡婚姻平等這種論調，因為他們堅信對於人性與社會而言，傳統婚姻是最好的機制，所以才會一直延續至今；而結婚的意義就是養育孩子。

也有人結了婚，卻選擇當頂客族，也有人有孩子卻離婚，或是選擇未婚生子。生孩子是精子與卵子結合，進行生殖的過程，所以有人請代理孕母，或是接受IVF（體外受精）等，有各種孕育下一代的方式。以往之

＊注解：雷貝嘉・索爾尼（Rebecca Solnit），身兼作家、歷史學家、社運份子等多重身分，是美國當代最著名振聾發聵之聲的其中一人，最富創思與洞見的批判家。

＊注解：《愛說教的男人》（Men Explain Things to Me），是美國作家雷貝嘉・索爾尼在二〇一四年撰寫的徵文集，已成為女性主義運動的試金石。

所以沒有這麼多選擇，並非受限於傳統，而是沒有先進的技術。

我兒子也是採ＩＶＦ方式誕生的孩子，所以我必須慎重地告訴他這件事，為什麼呢？因為他就讀的是天主教小學，天主教教會不認同ＩＶＦ，認為這是不道德的事。

我四十歲才生孩子，遇到和我年紀相仿、只有一個就讀小學的孩子的母親時，彼此會猜想：「**莫非他也是透過那種方式得子？**」但學校畢竟不是可以大方說出這種事的地方，必須讓別人認為自己是虔誠的天主教信徒，希望孩子接受天主教教育，孩子才能順利入學。

雖然外子認為趕快向兒子說明這件事比較好，但我堅持等他升上高年級再說。因為我怕兒子會覺得自己是「罪惡之子」備受衝擊，因而產生奇怪的自卑感就不妙了，所以希望等到他可以談論這種事的年紀。畢竟要是沒接受過什麼性教育，萬一他問我：「**那一般是怎麼生出小孩呢？**」我就必須說明才行，想想還真是棘手。

當學校開始灌輸他們正確的性知識時，我和外子叫兒子坐在客廳的沙發上，明白地告訴他不是以學校學到的方式，而是採體外受精技術生出來的孩子。

「所以說，媽媽是聖母瑪麗亞嗎？」

兒子說道。我冷不防噴茶。

「哈哈哈！開玩笑啦！」

看到他笑著這麼說，我安心不少。

畢竟在天主教小學接受宗教教育，在教會研讀聖經，朋友又多是出身虔誠天主教家庭（表面上）的孩子，想說他肯定很難接受這樣的事實，沒想到他卻意外的心平氣和。

「我覺得我們家好酷喔！」

記得那時兒子這麼說。

「蛤？」

「當然會有各種情況。」

他的小學同學們，也就是出身傳統保守家庭的孩子，沒有人來自單親家庭，就算有也會隱瞞吧。不過，孩子之間或許比大人更能坦然地聊起這種事。

再者，兒子之所以覺得「當然會有各種情況」，應該是待在托兒所的那段日子對他的影響頗大吧。

雖然我覺得他的求學之路頗順遂，但從一字一句記住《一家三口》這故事的幼兒時期，到四歲便進入天主教小學的他，或許察覺到什麼差異感也說不一定。

十二歲的性知識

暑假結束時，許久未聯絡的友人來電。

她是我在托兒所工作時，一位園生的母親。好像是兒子和朋友一起去看電影時，碰巧她也和她兒子去看，所以向我兒子要了我的手機號碼。

「想說把借了好幾年的暖氣機還給妳。」她說。

因為我們的兒子同齡，在托兒所也是玩在一起的麻吉，但上了小學後，雖然這幾年都會邀請彼此參加孩子的慶生會，但因為孩子們念的是不同的學校，也就越來越疏遠，斷了聯絡。

記得最後一次見面是因為他們家的中央暖氣系統壞了，但她的另一半失業中，沒錢修理，所以向我家借暖氣機。反正我們家也是因應緊急狀況而買的，久而久之也就忘了這件事。

「幸運的是，後來我們的工作步上軌道，也買了一間比較大的房子，還有了第二個孩子。」

電話那頭的她這麼說。

「哇，是喔！男生還是女生？」

「女生，九月開始上小學囉！」

因為她那從事設計工作的另一半失業了好一陣子，兩人遂決定自己開事務所，似乎做得有聲有色。聽她訴說經歷了許多波折（大家都是這樣）、現在過得很幸福的近況，相約找時間碰面後便掛斷電話。

「你週末在電影院遇到威爾和他媽媽，是吧？」

我問兒子。

「對啊，散場時在出口遇到他們。威爾長好高喔！對了，他還多了個妹妹呢！」

正在彈吉他的兒子停手，回道。

「是啊，他媽媽有告訴我。」

「丹尼爾有點嚇到呢！」

兒子笑著說。

不難想像，因為威爾的雙親是兩個非常帥氣的女人。

「我們看完電影，去吃漢堡時，丹尼爾一直說兩個女人怎麼生小孩，說得我都快煩死了。」

丹尼爾是來自匈牙利的移民家庭之子，總是對有色人種同學做些帶有歧視意味的行為，認為住在公營社區大樓的人都有反社會人格。

丹尼爾和兒子一起演出〈阿拉丁〉後，兩人便成了朋友。雖然他不時會和我兒子爭論，但兩人還是會一起出去玩，因為他們都很喜歡音樂和戲劇，可說興趣相投吧。不過他就像我兒子說的，是那種「現在少見的超古板傢伙」，所以在學校被同學孤立，也就讓我兒子想關照他。

「因為我在托兒所時就知道有像是威爾家那樣，父母是女同志或男同志的家庭。但丹尼爾不一樣，我上托兒所時，他還在匈牙利，所以他沒辦法認同吧。」

提到匈牙利，就會想到這國家在奧班的掌政下，不但民主倒退，還逐漸轉向威權主義，好比音樂劇〈舞動人生〉*的公演遭封殺就是一例。

〈舞動人生〉是以一九八〇年代英國北方的採礦城市為背景，描述少年比利自幼在陽剛味十足的環境下長大，卻發現自己有芭蕾才華，一面與貧窮、性別歧視等阻礙奮戰，一面朝舞者之路挺進的故事。

以二〇〇〇年於英國上映（二〇〇一年於台灣上映）的電影為藍本改編的音樂劇配樂，由流行樂巨匠艾爾頓．強*操刀，於世界各地巡演，沒想到卻在匈牙利以「這是一部鼓吹同性戀的音樂劇」為由，被迫取消公演。

——孩子會受到影響，變成同性戀者。

匈牙利的報紙還刊登這樣的社論。

---

*注解：〈舞動人生〉（Billy Elliot），英國電影，由史蒂芬．戴爾卓（Stephen Daldry）執導，為英國史上最偉大電影之一。

*注解：艾爾頓．強（Elton John），英國籍搖滾樂唱作人、作曲家、鋼琴家和演員。多次獲得葛萊美、奧斯卡、金球和東尼獎的肯定，是史上最成功的藝人之一。

——當前人口不斷減少、高齡化，鼓吹同性戀一事不但有損國力，還迫使國家有遭受侵略的風險。

匈牙利報紙的這篇報導，還登上英國衛報的版面。

說到「鼓吹同性戀，有損國力」，就會想到前英國首相柴契爾夫人。她曾頒布頗具爭議的「地方政府第二十八條」，禁止校園提倡同性戀，出版任何提倡同性戀的教材。以柴契爾時代為背景的這齣音樂劇，頓時又蔚為新聞話題。

「丹尼爾很喜歡音樂劇，應該知道比利．艾略特*的故事吧？」

「嗯，他每一首都會唱，而且唱得超好，但現實還是不一樣吧。聽說他爸知道生活技能這門課在講LGBTQ，氣到不行。」

即便選擇舉家移民，也不表示完全贊同這國家的教育理念。不難想像來自各國、不同信仰的移民家庭中，肯定有家長不認同生活技能這門課的授課內容，甚至明白告訴孩子：「**學校教的東西是錯誤的。**」

這麼說來，那時就讀天主教小學的兒子，也是在學校初次學到所謂的

LGBTQ。

「老師是如何講解LGBTQ呢？」

「老師說LGBTQ是五個英文單字的總稱，分別是由：女同性戀者（Lesbian）、男同性戀者（Gay）、雙性戀者（Bisexual）與跨性別者（Transgender）、疑惑者（Question）的頭一個字母組合的縮寫，也告訴我們絕對不要有什麼恐同症或是恐雙性戀症，也不要對同志存有偏見，大概就這樣。」

「是喔！」

「那天放學後，我和朋友談論自己的性向。」

「哦？」

「我和提姆覺得自己應該是異性戀者，丹尼爾說自己絕對是異性戀者，奧立佛說他不知道。」

我的腦中浮現身為八年級，同時是橄欖球隊和足球隊的代表選手，身形高大壯碩的奧立佛。他在兒子的朋友群中，可說是看起來最陽剛味的少

＊注解：比利．艾略特（Billy Elliot），〈舞動人生〉中的男主角，礦工家庭的貧窮男孩。

年。想到十二歲的男孩是以什麼樣的表情吐出這句話呢？不免有點擔心。

「丹尼爾聽到他這麼說，有說什麼嗎？」

「他起初一臉驚訝，可是奧立佛講這句話時的態度很酷、很冷靜，所以丹尼爾也不敢多說什麼吧。只說了句：『**這種事就交給時間決定吧，不必急著下結論。**』」

我看著面帶笑容這麼說的兒子，驚覺他已經到了比起思考自己是怎麼冒出來的、家族又是如何形成等問題，更在乎自己性向的年紀。

「是喔，看來丹尼爾最近受到不少驚嚇呢！」

「嗯。」

「你們也不知不覺地長大不少呢！」

聽到我這麼說，兒子露出「當然啊」的表情，撇了我一眼。

雖然是非常老掉牙的詞，但我還是想說：「未來掌握在你們手中。」所以說什麼這世界愈來愈退步、這世界變得越來越糟的人，八成是太小看他們這些年輕世代了。

12

寄養家庭的故事

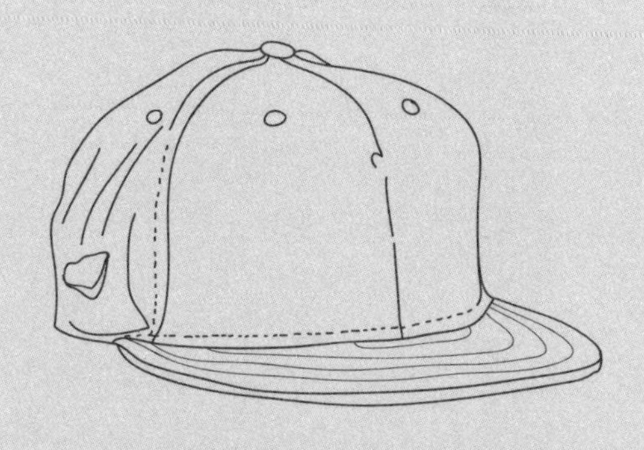

英國學校有所謂的「期中假期（Half Term）」，約莫放假一週。之所以用「約莫」這字眼，是因為不一定放假一個禮拜，假期長短端視地方政府的決定。

以我居住的布萊登市和霍夫市來說，今年秋天的「期中假期」為期兩週。

因為假期很長，我問兒子有沒有想做的事，他說想去本地的游泳學校上課，「期中假期」剛好有開一對一的課程。他不是那種運動型的孩子，只是外公傳授他一身好泳技，在國中組泳賽奪牌一事讓他非常開心，悄悄誓言下次要奪冠。

於是，他利用兩週的「期中假期」每天去游泳學校報到。我也每天從二樓的參觀者休息區，看著接受特訓的兒子身影，發現第二週的禮拜一早上，他的身手明顯有別於上週。

泳池中央一分為二，一邊是接受一對一課程的孩子，另一邊有一群看起來應該是國中生、泳技超好的少女。

二樓休息區的參觀者越聚越多，椅子上坐著好幾位應該是家長的大人，無論是腔調還是言行舉止，都給人出身中上家庭的感覺。「上週去了一趟紐約」、「我家是去馬爾地夫」耳邊傳來只有上流階級才會交談的內容，他們似乎彼此認識的樣子。

就在我感覺自己和周遭有點格格不入時，游泳學校的工作人員過來說明事情——因為本地的某所私立女中這禮拜要整修泳池，所以學校的游泳社向這裡租借一半的泳池。

「……所以泳池能使用的空間比上週窄了些，還請各位諒解。」

工作人員這樣說道。

怪不得少女們的泳技如此華麗，因為她們是名門私校的游泳隊。上次的中學游泳大賽也是，這所學校在各級別的比賽均拔得頭籌。

我就這樣望著中學游泳界菁英們的曼妙泳姿好一會兒，發現其中一位少女的速度特別快。她那又細又長的手臂不停從水面往外划，動作有如羽毛般輕靈，幾乎沒濺起什麼水花。明明如同子彈般快速，泳姿卻像慢動作般優雅，美得彷若芭蕾，而不是游泳。

索蘭吉，不，是蕾哈娜。幾個月前在中學游泳大賽見過，那位長相酷似畢昂絲的妹妹索蘭吉，名叫蕾哈娜的少女。我想起那時她穿著這所女校的制服步出會場，和來接她的金髮白人婦女一起搭車離去的身影。

那位金髮白人婦女也在這裡嗎？這麼想的我張望四周，無奈在場幾乎都是一頭金髮的中年婦女，所以實在認不出來是哪一位。

蕾哈娜。我任職底層托兒所時，（擅自）都這麼叫她。她是我剛考取教保員時，來到那所托兒所的小女孩，那時她才兩歲。為什麼我對她印象深刻呢？因為她是個特別頑強又難搞的孩子。

要是她看上其他孩子的玩具和繪本，就會揍飛對方、踢對方的肚子，非要得手不可；她看到教保員忙著照顧比自己還小的寶寶，居然將剛學站的一歲小孩的頭壓進水槽裡，不然就是對小寶寶施以酷刑，用鉛筆尖端猛刺寶寶的手指甲，是個非常兇暴的女孩。我都偷偷叫她是托兒所的流氓女孩。

蕾哈娜的母親是個身上到處刺青，臉上閃著好幾個鼻環，身形瘦弱的年輕白人女子，臉頰有道明顯傷疤，聽說她和入監服刑的另一半離婚了。蕾哈娜的父親是牙買加人，因為家暴罪入監服刑，之前也因為傷害罪入獄過，似乎有情緒障礙方面的問題。

或許是常在家裡目睹父親施暴吧，蕾哈娜不覺得暴力是不可取的行為，也不懂得如何拿捏分寸，所以托兒所指派一個人緊盯著她，以免她傷害其他孩子和自己。當時我為了考取教保員，上了相關課程，也對特殊孩子的教保很有興趣，所以常負責照顧蕾哈娜。

她從小就個頭高，體能很好，跑得比年紀比她大的孩子還快，跳躍力也是一流。那麼小的兩歲孩子，現在已經十二歲了，或許她正在用紅繩區隔的泳池這邊像人魚般游著。

不過，也不能斷定那個蕾哈娜就是這個少女，因為不曉得正在游泳的這位少女，和我在泳賽時看到的女孩是否是同一個人，也許同校也有長得相像的女生。

我抑制急切想知道答案的心情，猶如鳥兒般地伸長脖子，看著少女的優美泳姿。

如何才能確定她是不是那個蕾哈娜呢？話說回來，知道後又如何呢？

安全堡壘與派先生

這是隔天發生的事。

我和要去游泳學校上課的兒子一如往常地站在公車候車亭，瞧見有個少年從山坡上走下來。

那身打扮遠看就很醒目，垮到幾乎快掉下來的石洗牛仔褲，腰際繫著好幾圈鏈子，明明是十月即將結束的寒冷天，卻穿著無袖的皮革背心，上頭也綴滿了銀色鉚釘。待他走近一瞧，發現他的鼻子、下巴都穿有鼻環，並有張不同於服裝的稚氣面容。

少年也要等公車，只見他一直斜睨我兒子。兒子神情僵硬地別過臉，我想他應該和兒子同校吧。

公車來了，我們上車後，兒子始終沈默，待少年下車後，他才總算鬆了一口氣。

「他和我一樣大。」

兒子說道。

「欸？是喔？我還以為他比你大呢！看起來應該十四歲左右。」

「我聽說他住在這附近，沒想到會在公車站遇到他。」

兒子凝視著窗外那被秋日陽光照得身上的鏈子、鉚釘閃閃發亮的少年背影。

「你為什麼看到他就那麼緊張？」

我好奇反問。

「他可是出了名的流氓呢！因為換了個寄養家庭，所以九月時轉到我們學校，以前好像是住在隔壁城鎮。」

兒子回道。

寄養家庭的意思是，指他的父母是養父母。

少年不知道是因為什麼事，由社會福利課負責追蹤近況，安排寄養家庭；後來又不知原因為何，換了個寄養家庭，遷居到這附近。

「他還是嬰兒時，被裝進紙箱，丟在路邊呢！」

「咦？這種事是聽誰說的？」

「他自己說的。」

「是喔……」

「因為每年都會換一次寄養家庭，所以大家都說他搞不好過一陣子又要轉學了。」

雖然是那副模樣，但他畢竟只是個十二歲的孩子。一直換寄養家庭對他來說，也就是從小學就沒有一個安定的家。

養育者對孩子而言，是一處有別於外界，能夠安定心緒的堡壘。美國心理學家瑪麗．安斯沃斯*稱此為「安全堡壘」。

「從小就沒有安全堡壘的人，是不知道如何養育孩子，也不曉得如何成為孩子的安全堡壘。」

底層托兒所的所長，也是我的恩師阿尼經常這麼說。

事實上，將孩子托給托兒所照顧的家長中，有幾個也是從小被送到兒福機構或在寄養家庭長大。他們常說自己一出生就被親生父母拋棄，就算事實不是如此，也有此執念。

「他經常惹事、蹺課，所以常常被叫去輔導室。因為他好像幾乎不來學校上課，所以在學校沒什麼存在感。」

兒子又聊起那個少年的事。

「他有朋友嗎？」

「要是有的話，就不會一個人出門啦！他很少待在教室，也交不到朋友吧。」

這麼說的兒子突然想起什麼似的。

「對了，他好像和派，派先生很好。」

「派先生？」

「嗯！我不是說過輔導室有一隻校犬嗎？牠叫派。」

對喔！兒子的學校引進以狗狗進行心理治療的方法，也就是讓問題學生與狗狗接觸的一種療法，從幾年前便開始施行，聽說成效不錯。參與畢業典禮的派，可是他們學校的招牌校犬。

「上次上理化課時，我看到他和派在校園玩球。後來校長先生也從校舍走出來，和他們一起玩。」

我的眼前浮現瞬間流露童心，鬆開領帶，步出校舍的校長模樣。

---

*注解：瑪麗・愛因斯沃斯（Mary Dinsmore Ainsworth），美國心理學家，依戀領域中的先驅，也是最早使用「安全堡壘（Secure Base）」此一名詞。

有些大人很在意這樣的孩子，當然也有漠不關心、完全無視的大人。

我心想要是那少年可以在這學校待久一點，最好是待到畢業，該有多好啊！

因為有派這樣的校犬，有這樣的校長的學校並不多。

尋找蕾哈娜

之後好幾天，我一邊從二樓休息區俯瞰泳池，一邊聽著其他家長們的對話，結果還是不曉得哪一位是「酷似索蘭吉的蕾哈娜」的家長，也無法確定她是否是幾個月前我看到的那位少女。

隨著時間流逝，不再那麼在意這件事的我，不是帶書來休息區看，就是拿出輕薄的筆電開始工作。

星期五是最後一堂游泳課。有位將長長的金髮往後紮成馬尾，身穿駝色毛衣的婦人坐在我身旁的空位。深藍色窄管牛仔褲，搭配長靴的裝扮頗像要去騎馬的樣子。

「啊，不好意思。忘了問妳，這裡有人坐嗎？」

她落座後，問道。

「剛好空著，誰都可以坐，請。」

我回道。她微笑地道謝，隔著面前的玻璃窗俯瞰下方的泳池。站在起跳臺的少女微笑地朝我們這裡揮手，身旁的婦人也揮手回應。

我嚇了一跳，因為朝我們這裡揮手的小麥色肌膚少女就是那女孩。原來這位金髮婦人是她的監護人啊！雖然我不曉得那孩子是不是蕾哈娜，但那張笑容讓我確定她就是游泳大賽時遇見的那名少女。

只見站在起跳臺的少女身子繪著讓人看得入神的優美弧線，躍入水中。一旁的婦人看到後，從包包掏出手機滑著。我偷瞄一眼，手機螢幕上是一張張她和少女開懷笑著的合照。

我焦慮地想著必須說些什麼才行、必須主動向她搭訕才行。要是這時不主動出擊，永遠都不曉得那孩子是不是「那個蕾哈娜」。

「您家的孩子一直都是在這裡學游泳嗎？」

不知為何，她居然主動向我搭訕。

「欸？不、不是，我兒子都是去市立游泳教室，只有期中假期才來這裡學游泳。」

稍感受挫的我有點不知所措地回道。

「是喔！想說小小年紀就游得那麼好，應該是平常就來這裡接受訓練的吧。」

婦人露出溫柔的笑容。

對喔！這裡只有我是東方人，泳池裡也只有我兒子有張東方面孔，所以不用說，休息區的家長都知道我們是母子。同樣的，這位婦人與那位少女也是一看就知道是沒有血緣關係的家人。

「我兒子看起來很小，其實已經是十二歲的國中生了。九月就要升九年級。」

我又開口說。只見她雙眼發亮。

「哎呀！那不是和我家蕾哈娜同齡嗎？她也是八年級生，只是因為長得高，看起來比較成熟。」

蕾哈娜，果然。而且一般寄養家庭不會說「我女兒」，而是直接稱呼寄養兒童的名字。

「私立學校的社團真的好強喔！教練很嚴格，感覺和公立學校完全不一樣。」

我這麼說。

「她要去各地參賽，還有團訓，週末也要練習、比賽，計畫家族旅行，真的很忙。我們家蕾哈娜還參加舞蹈社和美術社，也就更忙了。」

她回道。

「聽起來真的很忙呢！不過趁年輕，多方嘗試也是好事，還能從中發現自己真正喜歡的事。」

我們輕鬆地聊著，婦人卻突然一臉認真。

「是啊！不過，蕾哈娜好像已經決定了。那孩子雖然喜歡運動，但更喜歡藝術，她最喜歡畫畫、攝影，是個很有才華的孩子。」

她的這番話又讓我有點在意，因為一般不會說自己的孩子「很有才華」，我不由得想起我認識的那個叫蕾哈娜的小女孩。

我和小朋友們圍坐在遊戲桌前，告訴他們今天要用玉米片、茶包空盒子做百寶箱。

只見蕾哈娜用剪刀剪開空盒子，做成望遠鏡形狀，說用這個「就能看到在監獄的爸爸」。

「蕾哈娜的寶物是爸爸嗎？」我問。

她點點頭，將望遠鏡塗上鮮豔的粉紅色和黃色，還裝飾了金絲線與羽毛，完全想像不到是出自兩歲孩子之手的絢麗作品。

我將這東西遞給她的母親，卻被丟棄在大人用洗手間裡的垃圾桶。

「**入監服刑的爸爸是我的寶物**。」聽到女兒說出這番話，這位遭受丈夫暴力迫害的母親心裡作何感想呢？

雖然看到這東西被扔進垃圾桶，真的很難過，但看著混在紙尿片、面紙和生理用品堆中的望遠鏡，依舊散發大膽無畏的刺眼光芒，我卻笑了出來，因為這是個充滿生命力的作品。

「這孩子不是只會宣洩情緒，還擁有驚人的創造力。」

我的恩師阿尼分析說道。

「她從小就喜歡藝術嗎？」

我試著探問。

「是啊。她很喜歡畫畫、做東西。前幾年我生日時，她還做了個珠寶盒送我。」

婦人的話讓我頓時語塞。

「雖然是用瓦楞紙做的，裡頭卻鋪著美麗的天鵝絨布，我到現在還在用呢！該怎麼說呢？這東西有著難以取代的價值，是我的寶物。」

婦人邊俯瞰游泳池，邊微笑地說。多麼溫柔、幸福的人，用翩然美麗的自由式游著的蕾哈娜，是在這樣的安全堡壘中長大。

幾個月前在市民游泳池巧遇她之後，我向曾在底層托兒所共事的同事打聽蕾哈娜的事。聽友人說，蕾哈娜就讀托兒所附近的小學，母親的新同居人也有暴力傾向，不只對她母親拳腳相向，連她也不放過，後來社福單位介入，幫蕾哈娜安排寄養家庭。

如果眼前這個正在游泳的少女就是我認識的蕾哈娜，表示她並沒有不斷更換寄養家庭。畢竟從她就讀的是私立學校這一點來看，他們應該是養母與養女的關係。

看來蕾哈娜很幸運。此刻，好想將這件事告訴已經離世的恩師阿尼。

我冷不防看了一眼泳池，一對一的課程似乎結束了，卻沒看到兒子他們的身影。之後好像是女校獨占泳池的時間，只見工作人員搬走擺在泳池中央的兩塊隔板。

「我兒子他們的課好像結束了，我也該下去了。」

這麼說的我闔上筆電，收進包包。

「有緣再見囉！」

一旁的婦人微笑說道。為何這麼說呢？瞬間這麼想的我，隨即察覺到這是英文的標準寒暄詞。

「是啊！一定會再見面。能和妳聊天，真的很開心。」

我也回以標準的寒暄詞。

我步出休息區、下樓，兒子還沒從更衣室出來。玻璃隔間牆的另一頭就是泳池，蕾哈娜正坐在長椅上，和友人聊天。明明膚色、髮色、長相完全不一樣，但她頷首的動作、說話時注視對方雙眼的樣子，都和坐在二樓那位婦人一樣從容優雅。

「怎麼了？」

兒子不知何時走出來，站在我身旁。

「沒事。」

「為什麼哭了？發生什麼事了？」

「沒什麼，小孩子沒必要知道。」

「蛤？小孩子也有『知的權利』啊！」

兒子不太高興地說。

「世上也有沒必要說出來的事喔！」

「也是啦！」

兒子微微聳肩，說完轉身往前走。

打開出口的門，迎面而來一陣初冬寒風。

總是在托兒所被蕾哈娜弄哭的兒子，也長這麼大了。

我仰望穹蒼，和恩師阿尼的瞳孔顏色一樣藍灰的天空，靜靜地俯瞰著我們。

13

霸凌與全勤獎的間隙

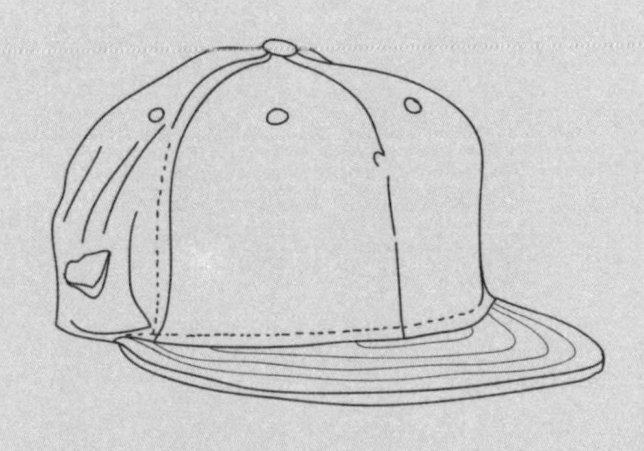

——對於一再受挫也絕不放棄的人，真的只有尊敬二字。

電視新聞節目的評論員這麼說。

自從首相梅伊發布脫歐協議草案後，不少反對協議草案內容的閣員紛紛請辭，保守黨議員也提出不信任案，隨時準備發動政變。

梅伊卻一再強調會做好整合協議的工作，在眾人猜測她可能「今天或明天」就會辭去首相一職的氛圍下，她那堅毅模樣著實打動人心。姑且不論這或許是政治家的手段，越來越多人感佩她的堅毅是不爭的事實。

「我覺得就算一直被霸凌，還是堅持上學的人滿厲害的。」

當我聽到評論員的那番話，突然想起兒子曾經這麼評論朋友。

丹尼爾是個能歌善舞的小帥哥，曾參與倫敦西區劇院的音樂劇公演。多才多藝的他升上國中後，更是才華洋溢。在七年級學生演出的音樂劇〈阿拉丁〉擔綱男主角的他很受女生歡迎，也常被師長誇獎課業優異。

然而，情況卻慢慢起了變化。因為丹尼爾不時會迸出帶有種族歧視、性別歧視、甚至階級歧視的話語。也就是說，他會說些老一輩才會掛在嘴邊的迂腐話語。

現代英國教育視這樣的孩子是一大問題。尤其脫歐公投落幕後，移民問題變得更敏感，所以老師們更嚴加注意學生是否帶有歧視意味的言行。

「**那孩子的言行有問題，我們得多加注意**」，老師之間似乎有此共識。身為教保員的我不難想像，孩子們肯定察覺到大人的態度有所變化。

而丹尼爾也就成了老師們眼中「必須多加注意的對象」，即便他各方面表現頗為出色，還是逃不了被霸凌的厄運。

當然，丹尼爾自己也要檢討。他曾嘲笑不擅舞蹈的黑人女同學：「**活像不會跳舞的叢林猴子！**」和我兒子還沒成為朋友之前，說我兒子是「**有鳳眼媽媽的半東方人**」等種種帶有歧視意味的言詞，實在很糟糕。

不過，被他間接嘲諷的我心中卻有一抹感傷，因為他用的詞彙實在迂腐得叫人痛心。

對於喜歡聽R&B、嘻哈音樂、流行音樂的現代英國青少年來說，根本不可能將黑人與叢林這兩個詞彙聯想在一塊。還有「鳳眼」這詞也是，伊莉莎白女王的夫婿菲利普親王曾脫口而出這詞，結果飽受輿論抨擊，這已經是一九八〇年代的事了。

不但電視媒體不會再出現這樣的歧視用詞，就連脫歐公投後，一向認同「排外主義，還活在舊時代」的英國藍領族，也不再迸出如此LKK的說詞。總之，還存有這種心態真的很老土。

明明如此，十二歲的丹尼爾卻脫口而出讓人覺得「都已經是什麼時代啦」的話語，恐怕是有樣學樣吧。

丹尼爾與我兒子一起演出〈阿拉丁〉，演出結束後，我等著兒子換好衣服出來會合，而丹尼爾的爸媽也在一旁等待。他母親微笑地向我打招呼，父親卻站在離我們有點遠的地方，露出輕蔑的眼神瞅著我。

「初次見面，您好。」

這還是我第一次主動向別人打招呼，卻慘遭漠視，所以清楚記得他那時的表情和模樣。

丹尼爾的父親看起來很嚴肅，有著很像影星安卓亞·布洛迪的鼻形，個頭很高。從匈牙利移民來此短短幾年便開了一間餐廳，現在可是觀光網站、美食網站評鑑「布萊登市十大美味餐廳」之一，熟客絡繹不絕、生意昌盛，堪稱短時間內事業有成的移民家庭。

丹尼爾的母親是個非常親切、賢妻良母型的人。一板一眼、工作能力一流的父親，與身為家庭主婦、美麗又溫柔的母親，就英國現況看來，這樣的組合無疑給人還活在舊時代的感覺。

「雖然丹尼爾的歧視言行真的很要不得，但他之所以被霸凌，可能是因為他那種『舊時代思維』的心態被刻意放大。」

兒子如此分析說道。

兒子起初也曾因為丹尼爾的歧視言詞，和他大吵，後來兩人倒是成了好朋友。但他還是會不時勸告丹尼爾，別說些牽涉種族主義的敏感言詞，丹尼爾也收斂許多，只不過偶爾還是會迸出幾句。

「只要有人在推特、臉書PO一句『那傢伙今天又說了什麼』，馬上就傳開，紛紛罵他LKK、智障什麼的。還有人擅自開他的置物櫃，偷走他的運動服……還有人不跟他講話，刻意孤立他。」

「老師們知道這狀況嗎？」

「嗯，丹尼爾的爸媽來過學校好幾次。」

兒子略有所思似的嘆了一口氣。

「這問題很難解決吧！不知道是誰打開他的置物櫃，偷走體育服，在推特、臉書大肆抨擊他。雖然也是因為他常說些不恰當的話，但故意孤立他、不和他講話，就是個人的好惡問題了。」

兒子的好友群中，也有人不和丹尼爾往來了。但像我兒子、像提姆，這種曾和丹尼爾直接對槓的孩子倒是對他不離不棄。

「那個被丹尼爾譏笑的黑人同學，也是住在山坡上的公營社區大樓，她沒有加入霸凌丹尼爾的陣營。霸凌丹尼爾的都是和他平常沒什麼交集的人，這是讓我最看不慣的一點。」

兒子憤憤地說。

「……人啊，就是喜歡聯合起來欺負別人。」

正在吃義大利麵的兒子聽到我這番話，倏然停止吃麵，直瞅著我。

「我不覺得人喜歡欺負別人……而是喜歡懲罰別人。」

他露出不曾見過的微妙神情，說道。

什麼都無所謂了

某個週日，兒子和丹尼爾相約去看皇后樂團的傳記電影〈波希米亞狂想曲〉＊。

「那部電影不必家長陪同觀影嗎？」

外子問正準備出門的兒子。

「嗯，因為是輔12級，我們可以自己去看。」

「是喔！沒想到年齡限制這麼寬鬆……」

我看外子一臉落寞，問他：「**怎麼了？**」原來他也想看這部電影，卻被兒子以「**現在沒人和爸媽一起看電影啦！絕對不要。**」為由拒絕，所以頗為沮喪。

於是，我們開車送兒子他們去電影院，待他們下車進去後，我們將車子停妥，也進去看電影，而且盡量挑離他們遠一點的位子，只好採取如此麻煩的方式。

＊注解：《波希米亞狂想曲》（Bohemian Rhapsody），是二〇一八年音樂傳記戲劇電影。主要描述英國傳奇搖滾樂團皇后樂團（Queen），以及該團主唱佛萊迪．墨裘瑞（Freddie Mercury），十五年來的真實經歷。

小學看過以皇后樂團的暢銷曲構成的音樂劇〈We Will Rock You〉，從此便深深著迷的兒子，和丹尼爾在去程的車子上愉快地談論：「電影會演他們唱那首曲子嗎？」、「我記得在YouTube有看到喔！」

原本擔心他們會提到丹尼爾在學校被霸凌的事，沒想到他比想像中來得有活力，還是那個帥帥的美少年。

看完電影後，本來想說兒子他們去漢堡王，我和外子去ＰＵＢ，他們想回去時再傳簡訊給我，一起回家。但是嫌麻煩的外子提議大家一起去ＰＵＢ，兒子和丹尼爾倒也爽快同意。

他們八成覺得應該不會有其他國中生來這種地方，所以不會被認識的人看到他和父母同行。總之，「酷不酷」是時下年輕世代的一大價值觀。

其實英國ＰＵＢ的菜單一向豐富，恐怕會讓以為這種地方只能端出啤酒和花生米的人大吃一驚。

這是因為英國人的酒量變少了，尤其是年輕族群。所以現在是ＰＵＢ不設法用餐點賺錢，便很難經營下去的時代，因此不少ＰＵＢ都端得出不輸餐廳的美味料理。

兒子和丹尼爾一邊啃著有別於漢堡王，就連裝盤也十分講究的高級漢堡，一邊聊著觀影感想。

「最後那場演唱會好讚喔！」

「對啊！好像自己也在現場。」

「比起〈大娛樂家〉*，我更喜歡這部。」

畢竟兒子的那群好朋友當中，奧立佛公開表明不清楚自己是不是LGBTQ的Q，也就是異性戀或同性戀。他們兩個又是抱持什麼樣的心情，觀賞這個交織著主唱佛萊迪．墨裘瑞的性向故事呢？

說到這個，我突然想到丹尼爾的祖國匈牙利，禁演宣揚同性戀的音樂劇〈舞動人生〉，卻讓〈波希米亞狂想曲〉上映，這是為什麼呢？因為佛萊迪染上愛滋，所以這部電影不是在宣揚同性戀有多好的關係嗎？

「好美味喔！謝謝招待。」

大啖完漢堡的丹尼爾這麼說，現在很少有國中生像他這樣有禮貌。

---

*注解：〈大娛樂家〉（The Greatest Showman），二〇一七年上映的美國傳記歌舞戲劇電影。改編自美國傳奇馬戲團創始人P.T.巴納姆與他的玲玲馬戲團真人真事。

「今天真的好開心。我很想看這部電影，但找不到人一起去看。」

「我也是啊！要是英雄片或動作片，大家就會說要一起去看。」

兒子說完，臉色驟變，八成是想起丹尼爾在學校被同儕排擠一事吧。

「我想說丹尼爾應該會對這部電影、還有〈大娛樂家〉之類的電影感興趣。其他人啊，連他們歌都沒聽過哩！」

兒子趕緊補上這番話，只見丹尼爾的嘴角上揚微笑著。

實在不敢相信長得這麼帥，成績又好，能歌善舞，散發明星氣質的孩子卻在學校慘遭霸凌。

雖然父母到校瞭解過好幾次，感覺校方還是未能妥善處理這件事。或許因為他還是一如往常地爽朗吧！畢竟印象中遭霸凌的孩子都是一副弱不禁風樣，其實不然。

「沒人要和我一起去看電影，也不可能和家人去看，因為我爸非常討厭這種電影。」

感覺丹尼爾說這番話時的表情有些陰鬱，隨即又回復爽朗神情。

「歷史作業是明天要交嗎？」

丹尼爾問道。

「嗯，我昨天已經把報告用mail寄給老師了。」

「是喔！我才寫了一半，今天晚上得弄完才行。」

回程車上播放皇后樂團的精選輯，兩個孩子忘掉世俗煩憂似的晃著身子引吭高歌。

我看著負責開車的外子側臉，心想：**還真像個小孩啊！**因為手握方向盤的他也跟著打著拍子。

緊接在〈波希米亞狂想曲〉這首歌的歌詞「carry on、carry on……」之後，原本的抒情曲風幡然變成讓人情緒高亢、怕是會影響行車安全的搖滾曲風，幸好快到丹尼爾他家了。

車子駛入一條兩旁皆是左右開著拱形大窗的房子的小路，下坡而行。

「請讓我在這裡下車。」

丹尼爾突然說道。不同於我家那破舊的公營住宅，車子停在一棟雅緻的中產階級風格宅邸。

「謝謝你們今天的招待，我玩得好開心。」

又說出一百分臺詞的丹尼爾下車。

「明天學校見囉！」

兒子揮手說道。

「嗯，明天見。」

丹尼爾也笑著回應，然後像在表演似的高舉雙手，唱著〈波希米亞狂想曲〉最後幾句歌詞——

什麼都無所謂了。我真的什麼都無所謂了。

他那刻意搞笑的歌聲就像舔著甜甜的奶油時，藏在奶油裡的一根刺冷不防地刺進心裡。

拿全勤獎的意志

「真是的，怎麼又這麼做啊！不行這樣啦！」

又過了幾天，正在滑手機的兒子一邊這麼說，一邊在客廳的沙發上翻來覆去。

「啊啊——，真是的！神啊，求求祢幫幫忙吧！」

「怎麼啦？」

「妳看這個。」

兒子將手機舉到我面前，原來是丹尼爾的特寫影片。

只見丹尼爾坐在斑駁的灰色混凝土牆上，拍攝地點可能是停車場還是哪裡，一處像是頂樓的地方。看樣子應該是自拍，而且是從斜下方拍攝，八成知道怎麼拍才能顯帥吧。他露出慵懶眼神，看著鏡頭，那張臉實在不像十二歲的孩子。

『我認識一位很有魅力的少年，已經是很久以前的事了。無奈接二連三的痛苦和拷問，迫使他變得自暴自棄。被貼上標籤、社群網站上難聽的留言，他都知道，還被人開門扔進辱罵的信。他求救，卻沒人理睬。』

影片中的丹尼爾口氣淡然地說。

「這些話是他自己發想的嗎？」

我詢問兒子。

「應該是反霸凌之類的詩文吧。校園看得到這樣的塗鴉，上網隨便找也有很多。」

但更令我驚訝的是眼前這段手機影片，與其說是國中生上傳的自拍影片，更像是電影的一幕戲。顯然是因為丹尼爾接受過表演訓練，以及他那張帥臉的關係。

就在我驚嘆這孩子果然有明星光采時——

「這麼做只會被霸凌得更慘啊！」

兒子苦惱地抱頭哀嚎。

的確，這支影片的構圖、丹尼爾的表情，以及說話方式都太自戀了。肯定有人很反感吧！但也戳中那些霸凌他的人，不是嗎？

「不只這樣呢！他之前還上傳好幾支影片到ＩＧ，這些都會成為霸凌他的燃料，他卻渾然不知。」

「可是，這也是他內心的吶喊啊！」

兒子點開丹尼爾的其他影片給我看，拍攝地點有海邊、森林、時尚感十足的咖啡館窗邊座位等，每一支都是從斜下方拍攝，丹尼爾用他那張演技派帥臉，慵懶地呢喃著反霸凌的詩文。

「這未免也太矯揉造作啦！」

就在我不禁語塞時，坐在桌旁嗑著柿子籽的外子迸出這句話。

「他是故意這麼做的吧。」

外子繼續說道。

「蛤？」

「他剛才不是說什麼『**因為被霸凌，所以變得自暴自棄**』嗎？既然都已經這樣了，反正怎麼做都會被討厭，那就讓你們徹底討厭個夠吧。感覺他就是抱著這種心態。」

外子一邊說著，一邊將手伸進袋子。

「我覺得他不是想博取同情，而是故意讓別人看得更火大。哈哈哈，出於反抗心態吧！」

外子忍不住笑出來，說道。

「就算是這樣，要是反擊，只會受傷。反擊、受傷，然後又憎恨對方而反擊，又受傷。這樣不就沒完沒了嗎？」

兒子對呵笑的外子說。

哇喔！總覺得事態不妙。以老一代為主的脫歐派與主張留歐的年輕世代，兩世代的想法南轅北轍，一直是因為脫歐一事而動盪不安的英國社會最熱門的輿論話題。

看來我們家也是。父子倆的年紀差了半個世紀，莫非會像脫歐、離歐那樣爭論不休嗎？兒子提出的問題像極了年輕族群質問主張脫歐的世代：

「一再反叛與報復，究竟能得到什麼？」

那麼，外子會如何回答呢？

只見外子屏息注視我們，十分乾脆地給了答案。

「……天曉得。」

霸凌丹尼爾的手法愈來愈惡劣，之所以這麼說，是因為除了惡意將他反鎖在洗手間之類的老招術之外，也開始在社群網站上誹謗中傷他。

當然，也有不少孩子在學校刻意漠視他、孤立他，但十二、十三歲孩子們也很狡猾，絕對不會做些讓師長輕易察覺的事。

「縱然如此，他還是堅持上學，真是很佩服！」

被兒子如此評價的丹尼爾，自從入學以來，每學期都拿全勤獎。就算感冒發燒，前一晚嘔吐不止，他還是每天早起上學。

好像是丹尼爾的父親這麼教育他：**「人一懶散就容易感冒，去附近跑一跑」、「拿乾布擦一擦就行啦」**。雖然這般作風很像東方人，卻又不太像。

丹尼爾依舊充滿活力地上學、拿全勤獎，看在那些欺負他的人眼中，應該很不爽吧。所以更想欺負他，也就這樣惡性循環下去。

「也許他覺得要是因為被霸凌就不去上學，不就輸給那些欺負他的傢伙嗎？所以他堅持上學。」

我想起丹尼爾他父親那一派好勝樣，說道。

「這是勝負問題嗎？霸凌不是一種戰鬥嗎？」

「戰鬥是指一方受到屈辱，才會萌生的想法吧。」

聽到我這麼說，兒子嘆氣。

「媽也這麼認為嗎？」

「呃，我覺得要是很痛苦，請個假也無妨。」

「也是啦！……看來連我也沒辦法請假了。」

「為什麼？」

我好奇反問。

「要是連我都請假，丹尼爾不就孤伶伶一個人嗎？」

兒子一邊擰鼻涕，一邊回道。

「有個超有個性的朋友，還真是累啊！」

他喃喃自語著，將面紙揉成一團丟進垃圾桶。

「身體變得更強壯，不是很好嗎？」

正在看報紙的外子從稍遠處喊道。

這是重點嗎？兒子露出無奈眼神，看著他老爸。

照這情形看來，他這學期應該也能拿到第一個全勤獎。

14

「身分認同」熱潮的去向

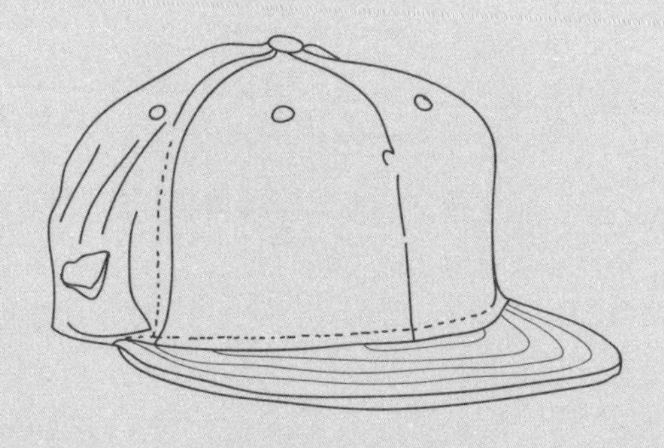

兒子入學的第二年，也就是他升上八年級時，學生會會長是一位中國少年。

之前我和兒子去超市買東西時，遇到一位身形高大壯碩，酷似成龍的少年朝我兒子「Hi」地笑著揮手。

明明是有些許涼意的初秋，他那穿著短袖體育服的模樣，加上倒三角的完美體態，肩膀與手臂的結實感，一看就是練家子。

「他是誰啊？」

「學生會會長」

兒子說道。

畢竟兒子就讀的中學以英國籍白人居多，所以我聽到時，真的是嚇了一跳。

「他對我蠻親切的，每次我們在走廊上遇到，他都會笑笑地跟我『Hi』，還擊掌呢！」

兒子繼續說。

「記得我還是七年級生時，有次在學校餐廳排隊用餐，有人硬是插隊站在我前面，沒想到他衝過來，告訴那個插隊的傢伙：『喂，你不是站這裡吧！排他後面。』感覺他頗關照我。」

「是喔！還有這樣的孩子啊！」

身為家中獨生子，之前就讀天主教小學的兒子剛入學時，沒半個認識的孩子，所以當初我很擔心他在學校會不會被欺負、孤立。

但他總是說：「學校生活很有趣。」讓我覺得有點不可思議。

原來是有這麼一位會關照他的學長啊！我頓時恍然大悟。

「他被選為學生會會長，肯定人緣很好吧。」

「是啊！聽說他的成績超好，運動也一把罩，深得師長們信賴。連校長也會不時和他一起在學校餐廳吃午餐，不知道在聊什麼呢？」

「哇，這孩子真優秀。」

「他說將來想學習政治方面的東西，他的偶像是傑瑞米．柯賓*，還說將來要加入工黨。」

「你怎麼連這種事都知道？」

*注解：傑瑞米．柯賓（Jeremy Bernard Corbyn），曾任英國工黨黨魁與反對黨領袖，因涉嫌反猶主義遭工黨暫停黨籍。

「有一次放學時下大雨，我不是說要去朋友家躲雨嗎？」

「嗯。」

「就是去他爸媽開的那間中華料理外賣店。那時淋成落湯雞的我走在路上，他問我要不要去他家躲雨，我還吃了美味的春捲。就是那時候他告訴我的。」

「那間外賣店在哪裡啊？」

「就在老爸常去買盆栽的那間花店附近。」

在幾乎都是白人的學校擔任學生會會長，還真是稀奇。套句老話，中華料理店的兒子無疑是「無產階級英雄」。

話說回來，這所學校還是所謂的底層中學時，學校附近的公園可是非常危險的地方，稍不留神經過那裡，常會遇到躲在草叢裡喝啤酒、抽著怪味菸的國中生，語帶嘲諷地說：**「你好！」**、**「中國人都會炸spring roll（春捲）！」**

因此，聽聞家裡在賣春捲的孩子，居然能當上原本是底層中學的學生會會長，我個人有種難以言喻的爽快感。

不過，後來想想，我這種爽快感是從何而來？應該說，這是一種什麼樣的情感呢？

「聽說那間中華料理外賣店有三個兒子，老大好像去念北部的大學，留在那裡當GP呢！」

我將這件事告訴回到家的外子，沒想到他比我還清楚這間中華料理外賣店的事。

原來他每次去看花店的盆栽有沒有特價時，都會順道去那間店買份炒麵，然後隔著外賣窗口和老闆娘閒話家常。他就是那種善於交際之人，堪稱八卦情報站。

GP就是General Practitioner（家庭醫師），任職於NHS（英國國家健康醫療服務）的診所。

「因為二兒子是大學生，所以妳說的學生會會長應該是小兒子吧。我看過他在店裡幫忙，個子很高、身材壯碩，對吧？」

「沒錯沒錯，就是他。」

「中國人能在那種學校當上學生會會長，還真是厲害啊！感覺那種學校最不可能發生這種事。」

「嗯，有種時代變遷的感覺。」

我感慨地說道。

「應該歷經過不少波折吧。」

外子這麼說。

「咦？」

「畢竟是不太可能會發生的事，不是嗎？」

的確，我被那所學校的學生譏笑是「**春捲歐巴桑**」，還叫我「**滾回中國**」，也不過是五、六年前的事，這種事不可能短短幾年便消失。

為了不讓孩子們躲在草叢裡幹壞事，不但草除得乾乾淨淨，警察定期巡邏，學校教職員和家長還組成巡守隊不時察看。所以原本是國中生群聚的公園，現在成了適合親子共遊的舒適公園。

然而，人們的潛意識與情感還是無法像那片草叢一樣，除得乾乾淨淨。因為「表露」與「存在」是兩碼子事。

另一場黃背心示威運動

英國的電視、報紙、網路等各種媒體，連日都在報導法國的「黃背心示威運動」。

示威者穿的螢光黃反光背心與夾克，在英國稱為「Hi-Vis（High Visibility的簡稱）」。

工作時之所以穿上螢光黃反光背心，是用來提醒別人注意自己的存在，以免自己遭遇危險的工作服，像是倉庫、工廠、工地現場、在車站和鐵軌工作的人、消防員，還有像外子這樣的砂石車司機都會穿。

黃背心給人的印象，就是「藍領族」穿的東西。英國的住家玄關除了鞋櫃之外，還會有掛外出服的地方。如果看到掛著螢光黃反光背心或夾克，就有一種「**哦，他們家是藍領族**」的感覺。

話說我家玄關旁也掛著外子和我的黃背心，因為身為教保員的我帶小朋友去公園時，也要穿上黃背心，當然小朋友們也要穿上黃背心，以確保行路安全。

前幾天，我去倫敦時，也在地鐵站看到穿著黃背心的小學低年級孩子們排排站。

「不會吧？那麼小的孩子也穿黃背心。」

「黃背心示威運動不是在巴黎嗎？」

突然聽到熟悉的日語，我不由得回頭，原來身後有兩位看起來應該是觀光客的日本女性。

那和示威運動無關，純粹是老師帶著一群小朋友出遊。騎重機或馬兒的英國警官也會穿上黃背心。隨著白晝漸短的冬日來臨，穿上黃背心騎自行車的人也愈來愈多。

雖然英法海峽這一側的黃背心目前與示威、暴動無關，但最近兒子周遭卻發生黃背心衍生出政治問題的事件。

時序來到十二月，聖誕假期進入倒數階段時。

兒子每年都會參加音樂社的聖誕音樂會演出，放學後留在音樂教室努力練吉他。

某天，練習結束的他和社團友人一起回家時，有個身穿黃背心，騎著自行車的人湊向他們。因為天色昏暗，起初看不清楚是誰，原來是背著宅配用四方形保冷袋的學生會會長，他不時會幫忙家裡外送的樣子。

「這麼晚才回家？」

學生會會長把自行車一停，問道。

「為了排練聖誕公演，所以弄到有點晚。」

兒子回道。

「天色很暗了，你們還是走亮一點的大馬路回家比較好。」

學生會會長又說。

英國一進入十二月，下午四點便開始日落，四點半左右就夜幕低垂了，所以他很擔心學弟們的安全吧。

「你是負責什麼樂器？」

「我彈吉他。」

「你呢？」

「我打鼓。」

就在三人交談時，遠遠走來兩位也是音樂社的學長。學生會會長主動向一樣是高年級的男學生們「Hi」的打招呼。

「這件背心還真適合你。」

其中一人擦肩而過時，突然對學生會會長這麼說，然後就這樣超越兒子他們。

「真的超適合，怎麼說呢……就是very yellow！」

學長們繼續往前走了一、兩公尺後，另一個人又大喊著，兩人還惡意地咯咯笑。

竟然開黃種人穿黃背心這種笑話。

「你剛才說什麼？」

只見學生會會長的自行車砰的一聲倒在地上，他怒吼著追上那兩人。

就在他要狠踹那個嚷嚷「very yellow」的傢伙時，突然停止動作，沒想到對方卻為了閃躲，一個踉蹌拐到腳，當場跌倒。

只見拐到腳的少年撫著腳踝，直嚷：「好痛、好痛！」大家趕緊七手八腳地扶起他。結果是學生會會長用自行車載著一跛一跛的少年回家。

後來，事情鬧大了。受傷少年的雙親非常憤怒地向學校抗議，控訴身為全校學生領頭羊的學生會會長竟然暴力傷人，於是校長叫當事人與目擊者們到校長室，瞭解事情始末。

校長釐清是因為種族歧視的言詞而引發的軒然大波後，判斷雙方都有錯，要求當事者們互相道歉。

「學生會會長從小就學空手道，要是真的踢下去的話，後果不堪設想。那個學長被別人看到自己驚嚇的醜態，應該也很懊惱吧。」

兒子試著分析說道。

「那孩子根本沒真的想要踹對方，為什麼被譏笑的一方非得要道歉啊？況且他只是怒罵對方而已啊！」

外子聽到兒子的話，提出疑點。

「事到如今，講這個沒用啦！作勢威脅是事實啊！況且對方還拐到腳。」

我這麼說。

「根本是小事一樁，不是嗎？為人父母的幹嘛鬧得那麼大啊！要是我家小鬼這樣嘲諷別人，我一定會臭罵一頓。總之，我就是不認同。」

外子似乎對我的說法很不服氣。

「你認不認同和這件事無關吧。」

兒子就這樣怔怔地看著我們，你一言，我一句。只見好像想說什麼的他默默地從椅子上站起來，上樓回自己的房間。

沒有不會退燒的生理發燒

後來連續好幾天，兒子放學一回來便窩在房間。

家中氣氛難得如此沈悶，難免有些擔心，但因為我忙於工作，加上正值青春期的孩子多少都會鬧彆扭，也就不怎麼理會。

然而，某天他放學回來後，就窩在自己的房間，用毛毯蒙著頭，躺在床上。

「怎麼了？哪裡不舒服嗎？」

擔心他是不是哪裡不舒服，便開口問道。

「嗯，頭有點痛。」

「要不要吃頭痛藥？」

我再問。兒子拉下毛毯，露出臉，坐在床上。

「不用了。沒關係。」

我看他臉紅紅的，摸了一下他的額頭，還挺燙的。

我趕緊去客廳拿體溫計，遞給坐在床上的兒子。他將體溫計挾在腋下，然後用手拍拍床上，示意我坐下來。

這是他小時候想要我唸繪本給他聽時，常做的動作，已經好久沒看到了。想說他可能因為身體不舒服，想撒撒嬌吧。

我依他的要求，坐了下來。

「有時間聊聊嗎？」

「當然。」

「媽，妳還記得前陣子因為學生會會長的事，我被叫去校長室嗎？」

兒子聽到我的回答，隨即說道。

「記得啊！後來怎麼樣了？」

「也沒怎麼樣啦……」

「那個拐到腳的同學還好嗎？」

「已經康復了。」

「是喔！太好了。」

「媽，妳覺得自己是東方人，對吧？」

兒子直盯著我的臉，這麼說。

「嗯，我本來就是東方人啊！只是最近連這字眼也帶有歧視意味，不能隨便說就是了。」

「所以妳看到其他東方人，會有夥伴、同胞的感覺囉？」

「也沒那麼誇張啦！不過，的確有親切感。不管是韓國人還是中國人，對方應該也有這種感覺。就算是初次見面也聊得起來，可能起初以為彼此是來自同一個國家吧。」

「是喔！這樣啊……」

兒子腋下的體溫計發出嗶嗶聲，他將體溫計遞給我，三十七度半。

「有點發燒呢！要不要吃藥？」

我看著體溫計問道。

兒子一副用不著大驚小怪似的看著我。

「上次放學回家途中發生的事，總覺得我也要負一點責任……」

「為什麼？」

「要是我不出現在那裡，學生會會長就不會那麼失控。」

「嗯？」

「他平常很冷靜，不像是會突然失控的人。他總是對我說：『**要是遇到什麼麻煩事、討厭的事，就跟我說喔！**』他說的麻煩事，就是指那時候發生的事吧。」

兒子藏在毛毯下的雙手抱膝。

「我聽到那句『very yellow』時，老實說，完全沒意識到也是在嘲諷我，當下只覺得學生會會長被譏笑。但後來想想，我當時也在場，他應該是覺得我也被歧視，才會追上去討公道吧。」

「是喔……」

「感覺他是為了做給我看。想告訴同樣是東方人的我，一旦被歧視，就要討回公道。」

「嗯。」

「但老實說，我無法理解這種心情。雖然他一直很照顧我，真的很謝謝他，但可能我不覺得自己是東方人吧，實在無法感同身受。」

原來如此，原來是關於自我身分認同，也就是歸屬感的問題啊！這也算是一種青春期的生理發燒吧。

「夥伴意識過重也是一種負擔吧。」

「負擔啊……也許吧。總覺得這種情感還真強烈，該說我跟不上嗎？應該是沒什麼共鳴吧。」

「嗯。」

「我一直以來都覺得因為雙親是不同人種，所以自己擁有不同文化是件很棒的事。況且每年還能去日本，這種其他孩子不見得會去的國家，在國外也有家人，真的很酷。可是我不是日本人，對吧？」

「……」

「好比夏天去日本時也是。我們在外公家附近的店被喝醉的人騷擾，那個人很討厭我，是吧？他說我不是日本人，叫我滾回去，沒錯吧？」

「他也沒說的那麼直接……原來你知道大概發生什麼事啊！」

「當然知道啊！那個人一直盯著我，一臉憤怒地說。」

兒子說著，將毛毯拉高到下巴一帶。

「去日本被說是『**老外**』，在這裡被說是『**中國佬**』。但我兩邊都不是，所以沒有任何歸屬感。」

「這樣也沒什麼不好啊！不屬於任何一方的人比較自由。」

「真的是這樣嗎？屬於某一方的人欺負不屬於任何一方的人，這是不好的部分。相反的，也會特別保護和自己同一方的夥伴，就像學生會會長很照顧我。問題是，我不覺得自己屬於任何一方，所以感受不到不好的部分，也感受不到好的部分。」

兒子現在說的這種感覺，就是當我聽到中國少年當上學生會會長時，那種「爽快感」吧。

我對於住在這一帶的東方人有著歸屬感，而且也遭遇過被歧視的不愉快經驗，所以「夥伴感」也無意識地增強。

種族歧視不但讓別人心靈受創，也會讓別人很難過。不僅如此，因為被貼上「中國佬」、「你好」之類的標籤，憤怒與「夥伴感」更加強化被貼之人的歸屬感，也是撕裂社會的導火線之一。

身分認同是個難解的局。我想起住家附近的PUB老闆不時會說些意味深長的話。

「希拉蕊．柯林頓參加黑人的集會時，會說：『我會施行有利於你們的政策。』去參加拉丁裔的集會時，會說：『我會施行有利於你們的政策。』去婦女團體的集會、同性戀者的集會時，也會說：『我會施行有利於你們的政策。』那麼，川普是怎麼說的呢？他說：『我會施行有利於美國的政策。』哪一個的說法聽起來比較全面性呢？再也沒有比這更諷刺的事了。」

川普當選美國總統時，老闆這麼說。

「嗯……這是個很難的問題呢！不過，父母是不同人種的孩子多少都會思考這問題，為了身分認同問題而煩惱不已吧。」

我對躺在床上的兒子說道。他聽到我這番話，紅著臉，點點頭。

「是喔！嗯，應該是吧！」

雖然兒子那天晚上有點發燒，隔天早上倒是神清氣爽地下樓。

「要是覺得不舒服，就請假吧。」

我建議說道。

「已經沒事了。」

只見他回了一句後，便背著背包，步出玄關。

果然是青春期的生理發燒啊！

不過，可能不只我家兒子有這樣的現象吧。現今社會的大人們，還有社會，或許正患著稱為「身分認同」的生理發燒吧。

我從窗戶瞧見兒子和從山坡走下來的提姆會合後，愉快地邊走邊聊的身影。

就像沒有不會天明的夜晚，我想相信沒有不會退燒的生理發燒。

15

禁不起存在的階層差距

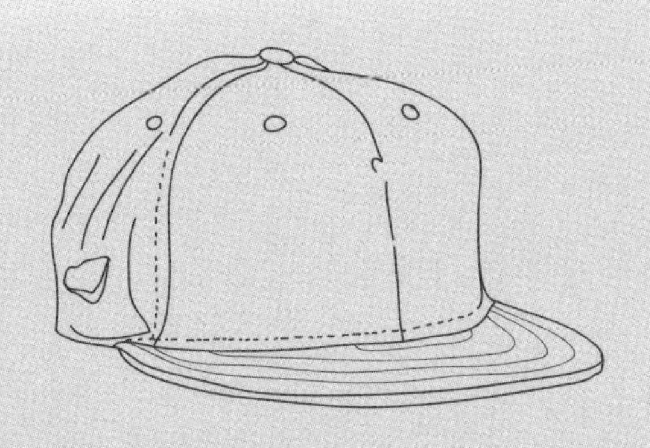

某天早上我叫醒兒子，好讓他準備出門上學時，值夜班開砂石車的外子工作回來，一副發生什麼大事似的。

「我聽到一件不得了的事。妳要是知道，肯定很受打擊。」

外子裝模作樣地說。

「什麼事啊？」

我疑惑地反問。

原來是住在附近的一位十四歲少女失蹤了。

「為什麼……？」

我不由得脫口而出。

「不知道，天曉得囉！新聞應該會報導吧。」

外子回道。

我趕緊用平板查閱地方報紙的網站。刊登著一張很眼熟，但看起來相當成熟的少女大頭照，上頭寫她從兩天前便失蹤，還詳細敘述認識的人最後看到女孩時，她的服裝與髮型。

她和她表弟都是就讀我兒子念的那所天主教小學，因為這附近只有他們和我兒子就讀那所天主教小學，所以常在公車站遇到，然後我便順勢帶著他們一起去學校。

他們的母親是姊妹，和年邁的母親同住，都是單親媽媽的她們在附近二十四小時營業的超市工作。

雖然姊妹倆想輪流陪孩子搭公車上學，但因為我要帶兒子去學校，還要上班，況且帶一個和帶三個是一樣的，所以由我每天負責陪三個孩子搭公車去學校。

那女孩和表弟念的是同一個年級，雖然兩人從小一起長大，個性卻截然不同。表弟和我兒子一樣，是一般人眼中的「好孩子」；個性外放的女孩卻比較早熟，有時後會故意做些危險事，或是說些試探大人的話語，藉以引起別人的關注。總之，就是個性溫和的乖乖牌少年，和有點叛逆的早熟少女。

我每天早上都陪他們上學，直到兩人比我兒子早兩年小學畢業。還記得我微笑地看著姊弟倆一左一右，牽著四歲入學的我兒子，三人一起走進校門的背影，心裡覺得好安心。

兩人和其他九成的天主教小學的學生一樣，畢業後就讀天主教中學。我去超市採買結帳時，常會和她們的母親聊上幾句。聽說表弟升上國中後結交不少朋友，中學生活頗愉快；反觀女孩升上國中不久便惹事生非，母親擔心地說都怪她交到壞朋友。

我楞楞地看著女孩的照片。

「怎麼了？」

兒子走過來，問道。

我告訴他這件事，只見兒子馬上掏出手機，不曉得在輸入什麼。

「我把她的照片PO上IG了。」

「蛤？」

「要是有人行蹤不明，大家都會這麼做，用IG流通情報。」

「這種事常發生嗎？」

「有時候囉！而且大多是女孩子，有不少是在年紀比自己大的男人家過夜。」

聽到還是長得很像小學生的兒子說這種話，總覺得怪怪的。但瞅著女孩那張容貌成熟的大頭照，心想：**原來還有這種事啊！**

「透過ＩＧ，這件事應該會在就讀天主教中學的同學之間傳開來吧，要是也傳到我們學校就好了。」

這麼說的兒子背起背包，步出家門。

「希望別捲進什麼犯罪事件才好。」

外子突然開口說道。

「如果只是和年紀比自己大的男朋友玩玩，應該還好吧……」

「妳在說什麼啊！這不是犯罪嗎？」

被外子這麼一說，才驚覺自己失言。

不過我之所以會這麼說，是因為對於在太妹超多的日本鄉下地方長大的我來說，也有十四歲懷孕，十五歲當媽的朋友。有一次返鄉省親和她碰面時，她說她已經有曾孫了。聽說她女兒十七歲當媽，孫子二十歲為人母。她還說：「**太妹界也有生育年齡愈來愈高齡化的傾向**」。

友人十五歲生小孩，夫妻倆攜手共度將近四十載，現在的她是我家附近知名商店的老闆娘，也是商會的首任女會長，可說發揮十足的女力。

所以人生這玩意兒就是不活活看，哪知道啊！

同一個班級的前後差異

「這次不是她第一次鬧失蹤呢！好像一直以來不時都會這樣。」

放學回來的兒子這麼說。

雖然ＩＧ上頭匯集了許多關於女孩失蹤的情報，無奈盡是些「**她應該馬上會回來吧**」、「**可能又跑去倫敦吧**」之類的留言，感受不到有人真心關懷她的安危。

工作空檔時，我突然想起這件事，想說點進天主教中學的官方網站看看這件事的後續進展。

設計得讓人一看就覺得是「名門私校」的網頁，盡是些在美麗樹下愉快散步，看起來就是好學生們的照片，不然就是刊登今年度全國統一學測的輝煌成果，以及被某團體表揚是辦學優秀學校的報導等，完全沒提及失蹤學生一事。我也察看了學校的推特帳號，果然完全沒提到這件事。

由學校的官網和推特便能窺知，這所天主教學校的格調之高，連世上有這種小報會刊載的事都不知道，無怪乎這種事情會被輕易忽視。

其實兩年前，我去參觀這所天主教中學時就有類似這樣的感覺。因為校方事先指定有哪幾間教室開放參觀，好奇的我很想窺看其他教室的上課情況，於是我從教室後門的玻璃小窗窺看，卻瞧見坐在最後面的學生們不是明目張膽地翻閱雜誌，就是滑手機。

我心想：**是在自習嗎？**再從前門的小窗用力窺看，瞧見老師正在白板上書寫數學公式，詳細說明中。然而，相較於坐在最後面的學生，前方的學生們非常認真地在聽講、做筆記。

教室的前後方宛如兩個世界，該說是教室前後的差異嗎？而且這樣的教室不只一間。

雖然公立學校每年都有好幾個考上牛津、劍橋大學的優秀學生，卻也有不少課業表現不怎麼樣的孩子被家庭教養放棄，也被學校教育放棄。那種學生多、規模龐大的學校，為了保持出色的辦學成果，老師們肯定無暇顧及坐在教室最後方的孩子們吧。

幾天後，我參觀了小而美的「前．底層中學」。

我瞧見每間教室的走廊上都擺著課桌椅，教室裡頭在上課，另一位老師則是帶著兩、三位學生坐在教室外頭上課。

「為什麼要在走廊上課呢？」

我好奇探問。

原來這是針對沒辦法待在教室裡頭專心上課的同學，精心設計的教學機制。

「不放棄任何一個孩子，是我們學校目前面臨的最重要課題。」

我見識到兩所作風截然不同的學校。於是，我決定讓兒子就讀「前．底層中學」這所學校。

然而，最不滿我做這個決定的人，就是那個失蹤女孩的母親和她表弟的母親。

「為什麼七年來每天辛苦地陪小孩搭公車上學，現在卻要讓他去念這一帶出了名的流氓學校呢？」

她們不解地問道。

其他的媽媽朋友們肯定也是這麼想吧，但她們只是一副事不關己樣地說：**「是喔！那所學校也不錯啦」**、**「算是這附近最好的學校呢」**之類無關痛癢的話。

所以這對姊妹明白地否定我的決定，反倒讓我感受到她們的關心以及好意。

這對姊妹是在公營住宅區長大的，就讀她們認為「出了名的流氓小學、中學」，可說是土生土長的當地人。姊妹倆畢業後和她們的母親一樣，成了單親媽媽，和母親同住，兩人偶然在同一年懷孕生產。

雖然經濟並不寬裕，但她們決定盡自己所能，讓孩子接受最好的教育。因為她們不希望孩子和自己一樣在公營住宅區長大，一輩子都住在這裡，相信讓孩子就讀好學校，接受完善教育，有朝一日能出人頭地是為人母的責任。

姊妹倆去了一趟教區的天主教教會，受洗成為教徒。聖誕節、復活節不忘給神父送上一瓶威士忌，禮數十分周到，而孩子們也就順利進入天主教學校就讀。

不同於因為外子的家族是虔誠教徒，也就理所當然地讓兒子就讀天主教學校的我，她們可是從孩子出生便努力打理一切，經過多年努力，才能讓孩子們順利進入那所天主教小學。

「為什麼要讓孩子念那所爛學校？」

失蹤少女的母親語帶憤怒地質問我。

「可是那所學校現在好像沒那麼差。」

「萊登市公立學校排行第一的一直是天主教中學啊！好多家長想方設法要讓孩子念天主教學校，卻還是進不了，妳為什麼要做如此愚蠢的決定？」

「那個……我參觀學校時，覺得那所天主教中學並沒大家說的那麼好。」

「可是那所流氓中學更差啊！」

「其實我的意思是……」

學校是社會的縮影，學生之間有所差異是理所當然的事。然而，任由這問題擴大的地方實在很差勁，況且死氣沉沉又古板的環境很難讓人感受到什麼新鮮又有趣的事物。

我覺得就某方面來說，這是這所學校開始走下坡的徵兆。至少我覺得沒必要讓十一歲的孩子在那麼可笑的環境中學習。

蹺家少女的行蹤

可笑的是，我兒子面對失蹤少女一事的態度，著實讓我暗暗吃驚。畢竟是五年來每天一起上學的朋友，想說他應該頗在意、關心才是，其實不然。

「失蹤和蹺家不一樣吧。大家都說她應該是後者。」

看來社群媒體上一定有不少「她啊，沒救啦」這樣的留言吧。因為那女孩之前離家出走過，所以學校八成也不當一回事。

根據流浪兒童救助公益團體「Railway Children」的調查報告，英國每年有超過十萬個不滿十六歲的孩子失蹤，亦即每五分鐘就有孩子行蹤不明。

因此，英國教育標準局（Ofsted）為了防止兒童失蹤事件不斷發生，訂立了嚴密的預防政策傳達給各級學校。英國教育標準局就是負責定期督導、評比英國公立學校辦學情況的政府機關。

「要是學校網站PO出有學生失蹤的消息，可是會拉低學校的評比分數，所以學校官網、推特不會PO這種事。」

一起幫忙回收二手制服的某位媽媽這麼說。

因為失蹤少女是在本地公營住宅區長大的孩子，這件事也成了參加回收二手制服活動的媽媽們在定期聚會上的話題。

有人說：「**那孩子與我家孩子上的是同一間托兒所。**」也有人說：「**我兒子和她表弟是同一個足球社的。**」

我深刻感受到本地人的人際網絡是透過孩子來聯繫。

「五年來我每天都和那孩子一起搭公車，送他們去上學，所以我真的很在意她失蹤的事，也已經兩年沒見到她了。」

我這麼說道。

「那孩子突然變得好瘦喔！和她那胖胖的媽媽相反，本來就很苗條的她變得更病態瘦。我問她怎麼了？她媽媽抱怨她突然很在意外貌，所以拚命減肥。」

有個母親聽到我那麼說後，也回應。

「我看到她突然穿著很華麗、很貴的名牌服飾，走在路上。想說她怎麼會變成這樣？希望不要是捲入什麼麻煩事……」

另一位母親也接著說。

英國公營住宅區最常發生的「麻煩事」，就是「毒品交易」。

前陣子，也就是聖誕節前夕，山坡上的公營社區大樓發生兩名青少年被刺殺成重傷的慘案。

倫敦的青少年犯罪事件與日俱增，形成莫大的社會問題。但這現象不只在首都圈，好幾年前便已擴大至地方城市。

尤其是沿海地區夜店林立，一到週末，大批青少年從倫敦來到布萊登市，這裡頓時淪為需要大量毒品的城市，因此經常發生與毒品交易有關的青少年幫派鬥毆事件。

幫派分子唆使住在公營住宅區的十幾歲少年、少女幫忙運毒。「把這個拿去給那個人，就買名牌球鞋給你」、「幫忙拿這東西過去，就給你五十英鎊」如此利誘，孩子們不知不覺便淪為幫派成員，捲入毒品交易。甚至有女孩子運毒時遭受性暴力，被賣給賣春組織。

聽到那孩子失蹤的消息時，我的腦中就一直響著這般「最壞情況」的警鐘。

「我哥跟我說，絕對不能當車手幫忙運毒，想想耐吉的氣墊鞋和自己的命哪個重要。」

兒子的朋友提姆來我家時，這麼說。

看來幫派的黑手已經伸進我們住的公營住宅區。

在沿海地區的時尚夜店消費的中產階級年輕人們，渾然不知住在公營住宅區的孩子，是冒著多大的生命危險送這種東西給他們。

這和兩年前我在天主教學校目睹的上課光景很類似，坐在前方的人不曉得後方的人發生什麼事，也不想知道。

雖然有知識分子提出因為政治力無法進行財富再分配，所以透過毒品交易，將中產階級年輕人的財富移轉給底層年輕人，如此精闢的見解。但這般流於表面形式的財富再分配卻沾滿鮮血，這種膚淺的再分配形式往往流血的都是貧窮年輕人，那些無知的孩子。

我在超市看到那女孩的阿姨。

即便失蹤的孩子成為街頭巷尾的話題，家人依舊住在這裡，生活還是要繼續下去，有許多花費要打理。所以不管發生什麼事，還是必須工作才能生活。

我想排在她負責的收銀臺，思索要怎麼搭話。**要問問那女孩的事嗎？**就在我躊躇不已時，她負責的收銀臺已經大排長龍，我只好排到另一邊。

不過，忙著收銀的她察覺到我的存在。只見她回頭，主動「Hi」地向我打招呼，我也回應一聲「Hi」，但還是不曉得要怎麼繼續聊下去。

我用右手輕輕搥了搥自己的胸口，想以此告訴她我知道女孩失蹤的事，也很擔心。畢竟是在附近居民經常出入的地方工作，肯定不少人都向她表示過關懷之意，所以她馬上就明白我的意思。

她不出聲地用唇語向我說了句：「謝謝！」

她看起來很疲累，畢竟姊妹倆的孩子就像雙胞胎般地養育長大，所以光是想到其中一個人不見了，胸口就像被剜了一塊似的疼痛。

黑眼圈明顯、一臉憔悴的她，忙著用機器掃描商品上的條碼，我默默地朝她揮了揮手，步出超市。那女孩已經失蹤一個禮拜了。

隔天，報紙的地方版登出最新報導，有人在倫敦的國王十字車站看到她。她穿著和失蹤時不一樣的衣服，但一樣是背著Jasper Conran的粉紅色包包。

瀏覽著地方報紙網站的我著實驚訝不已，沒想到布萊登市也有這麼多孩子失蹤。雖然透過「Railway Children」的調查報告，知道英國每年都有不少孩子莫名失蹤，但完全忘了自己住的地方也是如此。

深怕再看到熟悉面孔的我不敢再瀏覽下去。

幾天後，兒子放學回來。

「我今天早上經過公車站時，看到她媽媽呢！」

他說道。

原來失蹤少女的母親獨自坐在候車亭。

「外面那麼冷，她穿著睡衣，也沒穿外套，手上握著一瓶伏特加。因為提姆衝著她大喊：『一大早就酗酒的歐巴桑！』她很不高興地叫提姆閉嘴，但我看她……好像在哭。」

兒子繼續說著。

地方報紙網站刊登著女孩的失蹤報導，有人留言回應：「這孩子已經失蹤好幾次了。上週她『失蹤』被找到，現在又『搞失蹤』，去年也是。」

這個人真的認識她嗎？還是看著那孩子的照片，隨便寫幾句留言呢？無從得知。

底下還有另一則留言：「這和失蹤幾次無關，她們正身處危險中，也大多是生活方面有很大問題的孩子，被誘拐吸毒，捲入麻煩事，甚至被性榨取。所以別再數落他們的不是，趕快幫忙把協尋的訊息傳出去吧！這些孩子的家人一定很擔心他們的安危。」

兩則留言各有兩個人按讚。我心想：按讚的人到底是因為什麼而按讚呢？

又過了兩週。

我從地方報紙的網站得知已經找到女孩了，但她不會回到我們居住的公營住宅區。社會福利課將女孩安置於寄養家庭，當然報導並未提及此事。

刪除女孩照片的地方報紙網站，又刊登另一名孩子的照片。

在脫歐議題如何如何、歐盟如何如何，這些又大又顯眼的標題的遙遠下方，一個又一個孩子的小小照片持續增加中。

16

我是黃，也是白，還帶著一點綠

進入二月的「期中假期」前一天，英國各地發生督促政府重視地球暖化問題的學生抗議活動。根據BBC報導，於全國六十個地方舉行，約一萬五千人參與這次的遊行活動。

半年前，瑞典出現破紀錄的熱浪與森林大火，十五歲瑞典少女為了喚醒世人正視氣候變遷問題，罷課兩週的她於瑞典國會議事堂前連日靜坐。她的抗議行動成了引爆點，擴及全球學生發起抗議活動，這股風潮也在英國引燃。

我們居住的布萊登市是選出英國第一位綠黨國會議員的地方，所以有許多人十分熱中環保議題。然而，這場學生抗議活動興起的同時，也暴露了另一個問題。

雖然這問題不像為了督促政府正視地球暖化，而興起的全球學生抗議活動這麼巨大，只是「前．底層中學」的學生遭遇不合理對待，這般極小的問題。但極小與巨大有如烤肉與竹串般密不可分（無數的烤肉是小問題，將一個個小問題串起來就成了大問題）。

也就是說，這種感覺就像撿起掉落在我身邊的一塊烤肉。

「學校不准我們參加明天的抗議活動。」

就在學生抗議活動的前一天，放學回來的兒子這麼說。

聽我兒子說，D校與V校這兩所中學有鑑於放假前一天是禮拜五，所以早上十一點便放學，讓同學們得以參與抗議活動，但我兒子他們學校還是上課到下午三點半。

「還有哪一所學校准許學生參加抗議活動？」

「大部分私立學校都准許，公立的話，聽說H校也OK。」

我一聽，馬上察覺到一件事，那就是這些學校都是排名比較前面的學校，也就是「前段班」學校。

「因為私立學校、還有比較好的公立學校老師的環保意識比較高，支持綠黨的人比較多，所以學生應該是在老師的率領下，參加抗議活動吧。不過，是自以為是的『Grooming』啦！」

外子突然拋出一句諷刺味十足的玩笑話。

「Grooming」這詞是指戀童癖者透過網路，引誘未成年孩子，從事性交易的一種手法。

外子用這字眼暗諷支持綠黨的老師們帶著學生參加抗議活動，試圖將自己的政治理念灌輸給孩子。

「說到底，提倡這運動的孩子是以『罷課』作為手段，所以為人師表的老師帶著學生去抗議，總覺得好像有點怪怪的。」

兒子聽到我這番話，回道。

「我們學校也有很多關心環保議題的老師喔！可是校長和訓導主任開會討論後，決定還是照常上課。」

我能理解校長為什麼有此決定。

「我覺得老師們就是不信任我們嘛！要是中午以前就放學，我們學校很多學生不會去參加抗議活動，而是到處閒晃吧。他們擔心要是出了什麼問題就糟了，所以還是決定照常上課。」

兒子露出「**絕對是這樣沒錯**」的表情。

校長期望提昇原本被說是底層中學的學校形象，想爭取更好的校評排名，所以不難理解他之所以做出這樣的決定。畢竟要是因為這件事讓學校傳出惡評，可就打壞他的計畫。

再者，我知道兒子他們學校有很多老師是熱心的綠黨黨員。任教於貧窮地區學校的老師多是政治理念偏左派的知識份子，所以要是學校早點放學，學生因此鬧事、偷竊等搞出各種問題，只怕會模糊掉為了環保議題而舉行的學生抗議活動，帶來負面影響，這才是他們最擔心的事吧。

於是，有些孩子沒辦法參加媒體報導的「**一場由學生發起，督促政府正視地球暖化議題的大規模抗議活動**」。

或許有人認為這場運動本來就是以「罷課」作為抗議手段，所以想參加的學生自發性蹺課就行了。然而，英國的貧困家庭孩子連這種事也沒辦法做。

抗議活動當天早上。

「你要是想參加抗議活動，就去吧。」

我對兒子這樣說。但他還是一如往常上學，一如往常放學回家。

「為什麼沒去參加抗議活動呢？」

我好奇問道。

「因為議會，就是當地政府機關，會對家長開罰啊！」

他回道。

在英國，要是未經學校允許，家長卻同意孩子蹺課的話，家長會被開罰。而且是雙親各被開罰六十英鎊，二十一天之內沒有繳清罰款，各再加罰一百二十英鎊。罰金若一直拖欠沒繳，最高可開罰二千五百英鎊，或處以三個月以下有期徒刑。

這是為了杜絕家長因為春假、暑假，也就是旅遊旺季出遊的旅費和住宿費比較高，而於在學期間恣意帶孩子出遊而訂立的罰則。

布萊登市與霍爾市皆於官網明確刊載關於「School Absence Fine（缺課罰鍰）」的罰則——

※罰鍰理由：子女基於以下理由未到校上課，依法開罰家長。

- 家長於在學期間，帶孩子出遊度假。
- 孩子依個人意志，拒絕上學，稱為「曠課」。
- 六週內超過六次（上午的課堂以及下午的課堂，合計缺課六次）。

調查孩子出缺席情況後，孩子才到校上課。

■孩子每學期超過三天缺席（上午的課堂以及下午的課堂，合計缺課六次）。

我把這件事告訴住在歐洲大陸的朋友。「**不會吧？**」友人覺得很不可思議。

不用說，深為這般制度所苦的就是貧困家庭的雙親，所以家境不富裕的孩子，就連缺課也要顧慮家中經濟狀況。

「大家都說要是去參加抗議活動，就會被視為『曠課』，爸媽就要被罰錢，所以有很多同學想去也不敢去，不只我囉。」

兒子解釋道。

我兒子坐在客廳，雙手抱膝地看著傍晚的新聞報導，學生們拿著各種顏色的抗議標語，興奮高喊：「**因應氣候變遷！改革制度！**」、「**改革制度！立刻改革制度！**」這場大規模的抗議活動。

如此大條的新聞，絕對無法傳達掉在地上的一小塊烤肉的心聲。

被邊緣化的感覺

聲勢浩大的學生抗議活動結束後的隔天。

我和兒子去了趟體育用品店，我們搭乘手扶梯上二樓的足球用品賣場時，兒子發現有個正在和朋友看球鞋的熟悉身影。

「咦？該不會是……」

兒子出聲的同時，少年也察覺我們的存在，看向我們。

「好久不見。哇，長這麼高啦！都快認不出來了。」

少年聽到我這麼說，有點尷尬似的微笑著，隨即又露出那時每天一起搭公車上學時的爽朗笑容。他是上個月被尋獲，目前暫時住在寄養家庭的少女的表弟。

有些英國人習慣以「chav」這個帶有歧視、貶抑的字眼稱呼住在公營住宅，經濟並不寬裕的人，就是有這種要不得的刻板印象。但少女的表弟卻是個長相、氣質都很像中產階級家庭出身的爽朗少年。

「真的好久不見喔！」

少年有點害羞地說。

「在看球鞋嗎？」

「因為我媽沒一起來，所以今天沒辦法買，想說先看看哪一雙比較好而已。」

「是喔！你穿七號嗎？我才總算穿到三號吔！」

兒子看著少年手上的球鞋，驚訝地說。

「不會吧！你穿三號？那是我小四時的尺寸吔！」

我看著開我兒子玩笑，開朗笑著的少年，覺得很開心。想說就別問什麼「你媽媽和你阿姨還好嗎？」之類老套的寒暄話。

孩子的日常生活繼續著，大人的日常生活也繼續著，這樣就行了。

少年和他的朋友以及我兒子，三個人融洽地坐在長椅上，將各自從架上拿下來的球鞋排放在地上，「這雙很酷」、「這雙是新的梅西款嗎？」七嘴八舌地開始試穿、討論。

「期中假期，你是怎麼過的啊？」

「練球還有比賽！」

「是喔！對了，你去了昨天的抗議活動嗎？」
兒子突然想到似的詢問。
「我們沒參加，因為學校不准。」
少年和他的朋友搖搖頭，回道。
「是喔，我們學校也是吔！想說前段班學校都會准許學生參加。」
「我們學校不准，因為校長不允許。」
管教嚴格的天主教學校不准學生參加抗議活動，也是情有可原。畢竟前段班學校也有學校的考量，就怕那些虎爸虎媽以妨礙孩子的課業為由，不滿學校允許學生去參加抗議活動的話，校方可就傷腦筋了。
結果兒子想買的球鞋沒有適合的尺寸，於是我們向少年他們道別，搭手扶梯下樓。
「聽到天主教學校的學生也不能去參加抗議活動，總覺得心情舒坦多了。」
搭著手扶梯下樓的兒子，這麼說。
「因為知道不是只有你們沒參與？」

我疑惑地探問。

「就覺得有點悲哀啊！不管是成績還是什麼，好學校的孩子就能去參加抗議活動，三流學校的孩子就不能參加，總覺得有種被差別對待、被排擠的感覺。」

兒子低著頭，回道。

「這種感覺叫做『marginalized（被邊緣化）』。」

「就是被逼到『margi（邊端）』的感覺嗎？」

兒子聽到我那樣說，反問道。

「沒錯。」

兒子頓時陷入沈默，似乎在思索什麼。

「他看起來很有精神，真是太好了。」

他下到一樓時，轉頭對我說。

「嗯。」

「他說他那住在寄養家庭的表姊有去學校喔！他說有時會在走廊或是學校餐廳遇到她。」

「哦？他什麼時候跟你說的？」

「媽去櫃臺問我想要的那雙球鞋還有沒有庫存時。」

「是喔！所以她是住在市區的寄養家庭囉？」

「嗯，他說他表姊沒轉學，真是太好了。」

我和兒子並肩步出店外，外頭遍灑著不覺得現在是二月的春日暖陽。

瞧見地上有幾張黃綠色傳單，應該是昨天抗議活動發的宣傳品吧，沾著鞋印的傳單印著和國際綠色和平組織標誌很像的字體。

——為了阻止地球暖化而發起的罷課活動！

兒子拾起一張，瞧了瞧，隨即又將傳單反過來邊瞧邊走了幾步後，重新丟回地上。

與其說帶著一點藍，不如說我現在帶著一點綠

為期一週的期中假期結束後，兒子突然開始熱中玩團。

好歹我的少女時代也是在日本福岡，人稱「明太搖滾*」盛行的音樂之都長大，十五歲的我就已經開始玩團了。沒想到兒子也和我走上同一條路，而且是十二歲就開始玩團，現在的孩子還真是什麼都起步很早啊！

一直很努力練吉他的兒子和同樣是音樂社社員，擔任鼓手、貝斯以及鍵盤的少年們組團，放學後都會去社辦練習，也會去家裡經營樂器行（擔任鼓手的孩子），家中有間小錄音室的朋友家團練。

樂團名為「Green Idiot」，一聽就知道是取自美國搖滾樂團「Green Day（年輕歲月樂團）*」，和他們的專輯名稱「American Idiot」組合而成的。

總覺得團名過於直白膚淺，我十分反對，但後來仔細想想，之所以取「Green Idiot（綠色白癡）」這團名，也可說是無法參加抗議活動的他們想要宣洩不滿的一種表現手法吧。

不過，畢竟這是根據現今時事而發想出來的團名，所以我勸說他們最好把眼光放長遠一點，想個能用久一點的團名比較好。

＊注解：明太搖滾，一九七〇年代～一九八〇年代，以福岡市為主要據點而興起的的搖滾風潮。

＊注解：年輕歲月樂團（Green Day），美國著名搖滾樂團，一九八六年成立，是九〇年代後期美國龐克音樂時期的重要樂團之一。

他們樂團演奏的音樂類型好像是「龐克饒舌」，真的有這種音樂類型嗎？我不清楚兒子他們是怎麼解釋的，總之就是翻唱知名樂團的歌曲，然後由住在公營社區大樓的提姆擔綱饒舌部分。

雖然提姆沒學過什麼樂器，也沒加入音樂社，但因為兒子放學後要團練，所以無法和他一起回家，於是提姆主動說：「我也想參一腳。」他就這樣負責饒舌部分了。

聽兒子說，厭倦翻唱別人歌曲的他們決定嘗試創作。我想起兒子曾以祖父與盆栽為題，寫了一首歌。

就在我內心掠過一絲不安時，兒子果然開始練習作曲。

「你寫了什麼歌？」

我好奇地探問兒子。

「marginalized（邊緣化）。」

「讓我聽看看。」

我試著提出要求說道。

只見兒子有點害羞地用手機播放他們練習時的錄音，傳來有點類似英國龐克搖滾樂團「Sham69」，簡單明快的龐克搖滾風前奏。

就在我心想：還不錯聽嘛！提姆的饒舌部分冷不防竄入。

我們也想去抗議

也想做抗議標語，去抗議

但因為我們是貧窮又品行不良的小鬼

但因為我們是蠢到沒救的小鬼

所以禁止我們去抗議

那是有錢小孩的活動

那是優秀孩子的活動

我們也想拿著抗議標語，酷酷地走在街上

我們也想高喊，也想為了這個星球的未來而行動

這種心情叫做marginalized，我們被marginalized

我們感受到marginalized，marginalized

總是這樣啊！marginalized，marginalized，Fuckin marginalized

提姆一直反覆喊著「marginalized」的地方，加入兒子和貝斯手的「嗚嗚——」合唱，該說完全稱不上是和聲嗎？根本走音到像是鬼片的背景音效般不協調聲音，害我不由得笑出來。

內心感到好像有點失禮的我，看到兒子也笑了出來，這才放心地縱聲大笑。

「哈哈哈哈哈！雖然有點亂來，但還不錯啊！Rap歌詞是誰寫的啊？」

「我和提姆。」

「哈哈哈！果然『Green Idiot』這團名取得不錯呢！老媽我覺得有戳到怨憤的緣由喔！」

「可是我們想說，改成『Generation Z』會不會比較好？」

「感覺像是在模仿七〇年代有個叫『Generation X』的英國龐克搖滾

樂隊。」

我好歹也算是X世代，接下來是稱為千禧世代的Y世代，再來是二〇〇〇年代出生的Z世代，也就是兒子他們這世代。

被稱為「數位原民（digital native）」的這世代，在英國也被稱為「cosmopolitan世代（國際化世代）」，兒子他們的樂團就是一例。雖然提姆和鍵盤手是英國人，但兒子是「愛爾蘭人×日本人」，鼓手是「英國人×墨西哥人」，貝斯手是「法國人×伊朗人」的混血兒。

可能因為自己是混血兒，所以與同樣是混血兒的孩子走得比較近吧，也或許是因為這幾個孩子特別投契吧。總之，我兒子正處於這般世代風潮中，而英國也已走向這樣的時代。

「啊，真的吔！真的有叫『Generation X』的樂團呢！……那我們還是叫『Green Idiot』比較好吧。」

用手機上網確認的兒子這麼說。

「說到green啊！媽，我不是說過之前我在筆記本上隨手寫的那句話，是某本雜誌的專欄題目嗎？」

「嗯，我是黃，也是白，還帶著一點藍。」
「那個啊，我現在想想，應該是帶著一點黑暗吧。」
一邊滑手機，一邊這麼說的兒子抬頭看著我。
「那時我對於新學校的生活有點不安，加上有過被歧視的經驗，所以心情有點消沈，但現在已經不會了。」
「已經不會blue了嗎？」
「現在應該說，帶著一點綠。」
我被兒子這句話逗笑了。
「哈哈哈！沒參加到抗議活動也不必這麼耿耿於懷嘛！」
「不是啦！green這詞雖然有『環保議題』、『嫉妒』的意思，但也有『青澀』、『經驗不足』的意思啦！我覺得自己現在就是這顏色。」
不曉得是不是最近剛剃短頭髮的關係，兒子那張臉瞬間看起來好成熟。
也許的確是這樣吧！因為父母是不同人種，因為是移民之子，所以不時覺得很blue、心情鬱卒一事，肯定是上個世代才有的想法。

既是黃，也是白的孩子，沒必要blue。要以顏色來比喻這些孩子的話，那就是綠色吧。

無關人種、無關階級，也無關性向，不管是我兒子、提姆、丹尼爾、奧立佛，還是樂團成員們，大家都是青澀的少年顏色。

這麼想，就覺得「Green Idiot」這個具有雙重意思的團名取得真好。

我正想誇兒子他們取了個不錯的團名時，他已經上二樓練吉他了。

孩子這玩意兒還真是停不下來，始終不停地前進、變化著。

我是黃，也是白，還帶著一點綠……現在這時候囉！

今後這顏色肯定也會不斷改變。

初次刊載於新潮社雜誌《波》（二〇一八年一月號～二〇一九年四月號）
本書出版後，作者的文章繼續於同一本雜誌連載中。

我是黃，也是白，還帶著一點藍

作　　者　美佳子・布雷迪 Mikako Brady
譯　　者　楊明綺 Michey
發 行 人　林隆奮 Frank Lin
社　　長　蘇國林 Green Su

出版團隊
總 編 輯　葉怡慧 Carol Yeh
日文主編　許世璇 Kylie Hsu
企劃編輯　許世璇 Kylie Hsu
責任行銷　朱韻淑 Vina Ju
封面設計　許晉維 Jin Wei Hsu
版面構成　譚思敏 Emma Tan

行銷統籌
業務處長　吳宗庭 Tim Wu
業務主任　蘇倍生 Benson Su
業務專員　鍾依娟 Irina Chung
業務秘書　陳曉琪 Angel Chen
　　　　　莊皓雯 Gia Chuang
發行公司　精誠資訊股份有限公司

悅知文化
105台北市松山區復興北路99號12樓
訂購專線　(02) 2719-8811
訂購傳真　(02) 2719-7980
專屬網址　http : //www.delightpress.com.tw
悅知客服　cs@delightpress.com.tw

ISBN : 978-986-510-125-1
建議售價　新台幣380元
首版一刷　2021年01月

國家圖書館出版品預行編目資料

我是黃,也是白,還帶一點藍 / 美佳子・布雷迪 著 ; 楊明綺譯.
-- 初版. -- 臺北市 : 精誠資訊, 2021.01
面 ; 　公分
ISBN 978-986-510-125-1 (平裝)
861.67　　109021222

建議分類｜人文社科